REDRUM

Der verschwundene See
1. Auflage
(Deutsche Erstausgabe)

Verleger: Michael Merhi
Lektorat: Stefanie Maucher
Korrektorat: Simon Kossov / Silvia Vogt
Umschlaggestaltung und Konzeption:
MIMO GRAPHICS unter Verwendung einer
Illustration von Shutterstock

ISBN: 978-3-95957-708-3

E-Mail: merhi@gmx.net
www.redrum.de

YouTube: Michael Merhi Books
Facebook-Seite: REDRUM BOOKS
Facebook-Gruppe:
REDRUM BOOKS - Nichts für Pussys!

Andreas Laufhütte

Der verschwundene See

Zum Buch:

Als Gregory acht Jahre alt war, verließ seine Mutter Hals über Kopf die elterliche Villa, nahm ihn mit und untersagte ihm jeglichen Kontakt zu seinem Vater. Auf eine Erklärung wartete der kleine Gregory vergeblich.

Als Gregory als Erwachsener ein eigenes Kind erwartet, beschließt er, dass es an der Zeit ist, Antworten auf die Fragen zu finden, die ihn seit Jahren quälen. Was ist damals wirklich geschehen und weshalb hat sein Vater die Kontaktsperre sogar nach dem Unfalltod seiner Mutter aufrechterhalten? Seine Suche führt ihn an den Ort seiner Kindheit, was bruchstückhafte Erinnerungen in Gregory zutage fördert. Er spürt, dass damals etwas Grausames vorgefallen sein muss. Was hat es mit dem See auf sich, der sich neben dem Grundstück befindet? Warum bereitet er Gregory Albträume? Und was befindet sich im Keller der elterlichen Villa?

Zum Autor:

Der im Ruhrgebiet geborene und aufgewachsene Autor lebt inzwischen im hohen Norden Schleswig-Holsteins. Dort lässt er sich den rauen Wind um die Nase wehen, während er seiner Fantasie freien Lauf lässt und sie in die Tasten seines Computers hämmert. Seine Geschichten decken die Bereiche Horror, Thriller und Science-Fiction ab.

Andreas Laufhütte

Der verschwundene See

Horror

Teil 1 – Der Beginn

Kapitel 1

»Ich werde gleich die Zellentür öffnen, dann können Sie sich das Wasser holen und sich einen der Umschläge aussuchen.«

Die Stimme aus den beiden Lautsprechern, die sich an zwei der insgesamt fünfzehn Pfeiler befanden, klang verstellt. Für Kathy hörte es sich an, als würde man ein Tonband zu langsam abspielen.

Sie hockte mit freiem Oberkörper in einem Zwinger, der von seiner Größe her mehr für Hunde als für Menschen gedacht war. Der Raum, in dem sich der Käfig befand, war gewaltig. Aus Stein gemauerte Pfeiler stützten eine mannshohe Decke. Eine einzige Neonröhre, unweit ihres Gefängnisses, spendete dem Raum ein gespenstisches Licht, das es nicht schaffte, sämtliche Bereiche auszuleuchten. Schattenmonster hockten in unzähligen Nischen, lauerten und starrten Kathy aus toten Augen an.

Kathy war vor gefühlt einer Stunde in diesem Käfig aufgewacht und konnte von ihrer Position aus lediglich einen hüfthohen Schrank, auf dem sich mehrere Mullbinden stapelten, und eine Tischkreissäge in dessen unmittelbarer Nähe ausmachen. Ansonsten war der Raum trotz seiner Dimensionen leer. Fenster gab es zwei, direkt unter der Decke. Sie waren winzig. Außerdem sah Kathy von hier unten, dass Gitter davor waren.

Ein metallisches Klacken ertönte, das Kathy zusammenzucken ließ. Die Tür des Zwingers sprang auf und quietschte in rostigen Angeln, als sie träge hin und her pendelte.

Kathy bewegte sich nicht. Ohne es zu merken, hatte sie die Arme vor ihren nackten Brüsten verschränkt, um diese vor fremden Blicken zu schützen. Warum hatte man ihr das Oberteil und den BH ausgezogen? Lediglich Jeans und Sneaker hatte man ihr gelassen. Sie sah, dass sie keine Ringe mehr trug, und als sie vorsichtig nach der Halskette und den Ohrringen tastete, stellte sie fest, dass auch diese verschwunden waren. Es waren die Ohrringe gewesen, die sie zum Einjährigen von Nelson bekommen hatte.

»Bitte kommen Sie heraus und wählen Sie einen Umschlag«, krächzte die tiefe Stimme und riss sie aus ihren Gedanken.

Kathy sah hinüber zur linken Wand, in der sich eine Tür befand. Eine Plastikflasche mit dem versprochenen Wasser war irgendwann zusammen mit den zehn Umschlägen durch eine Klappe am unteren Rand der Tür geschoben worden. In diesen Umschlägen befand sich jeweils eine Bedingung, die sie erfüllen musste, um diesen Raum lebend verlassen zu dürfen. Die Stimme hatte Kathy gesagt, dass sie gegen Abend erschossen werden würde, sollte sie bis dahin die Voraussetzung nicht erfüllt haben, die in dem von ihr gewählten Kuvert verlangt wurde.

»Neun der Umschläge«, hatte die Stimme emotionslos geäußert, »enthalten schmerzhafte Auflagen in unterschiedlichsten Ausprägungen.« Kathy hatte sofort an die Kreissäge gedacht und eine Übelkeit war in ihr aufgestiegen, die sie nur schwer hatte unterdrücken können. Fand das Ganze hier wirklich statt?

»Ein Umschlag enthält die Information, wo sich der Schlüssel befindet. Sollten Sie diesen ziehen, dürfen Sie den Raum verlassen und in Ihr altes Leben zurückkehren. Entscheiden Sie sich für einen anderen, erhalten Sie die Schlüsselinformation erst nach Vollendung der Aufgabe.«

Es hatte einen Moment gedauert, bis Kathy das Ausmaß dessen erkannte, was da von ihr verlangt wurde. Eines stand fest: Sie würde sich definitiv nicht selbst verletzen! Irgendwo in diesem Raum musste sich der Schlüssel befinden. Sie musste nur gründlich genug suchen, was ihr angesichts der Tatsache, dass sich hier kaum Versteckmöglichkeiten boten, nicht allzu schwierig erschien.

Sie schob das Gatter auf, ignorierte das Kreischen des Metalls und kroch hinaus. Ihre Gelenke und Muskeln bedankten sich mit einem schmerzhaften Kribbeln in den Beinen, als sie sich aufrecht hinstellte. Wankend machte sie sich auf zur Tür. Der Durst hatte sich in der letzten halben Stunde arg bemerkbar gemacht. Kathy hatte förmlich gespürt, wie die Spucke in ihrem Mund weniger wurde, bis sie das Gefühl hatte, ihre Zunge würde am Gaumen kleben. Bereits als sie erwacht war, hatte sie dieses Durstgefühl verspürt und es war mit jeder Minute schlimmer geworden. Bevor sie sich also auf die Suche nach dem Schlüssel begab, würde sie sich die Wasserflasche holen.

Sich achtsam umblickend, machte sie einen Schritt nach dem anderen. Als sie die Tür erreichte, war das Kribbeln in ihren Beinen verschwunden. Sie stand vor der Flasche, an der zehn weiße Umschläge lehnten.

»Bitte wählen Sie einen Umschlag aus«, sagte die Stimme. »Die anderen lassen Sie liegen. Sie dürfen Ihren erst öffnen, wenn ich es Ihnen sage. Sollten Sie sich für keinen entscheiden, wird die Exekution innerhalb der nächsten fünf Minuten stattfinden. Die Zeit läuft ab jetzt. Sollten Sie den Umschlag vor meiner Erlaubnis öffnen, werden Sie unmittelbar danach erschossen.« Ein kurzes, statisches Knacken war aus dem Lautsprecher zu hören, als die Verbindung beendet wurde.

Kathy bückte sich und nahm die Plastikflasche. Sie öffnete den Verschluss und genoss das Wasser, das ihre trockene Zunge umspülte. Es war eine Halbliterflasche und sie trank sie zur Hälfte leer, während sie sich die Tür genauer ansah. Sie rechnete damit, eine Öffnung zu finden, durch die der Kidnapper den Lauf der Waffe schieben würde. Dann schalt sie sich selbst eine Närrin. Sie befand sich nicht in irgendeinem *James-Bond*-Film. Der Typ würde einfach die Tür aufmachen und sie erschießen. Das war schließlich die unkomplizierteste Lösung. Doch dann entdeckte sie tatsächlich besagte Öffnung im oberen

Drittel. Es war eine Schiebeklappe, wie an einer Gefängnistür.

Nichts anderes ist es doch, wo du dich befindest, dachte sie und gab sich selbst recht.

Nach einem weiteren Schluck fragte sie sich, ob er sie wirklich erschießen würde. Befand sie sich tatsächlich in der Hand eines kaltblütigen Killers? Wenn ja, warum hatte er sie dann nicht schon längst umgebracht? Ergötzte er sich an ihrer Verzweiflung? Vermutlich. Da Kathy aber alles andere als verzweifelt war, würde er definitiv nicht in den Genuss kommen.

»Bitte wählen Sie einen Umschlag. Ansonsten werden Sie in zwei Minuten erschossen«, krächzten die Lautsprecher sachlich.

Kathy setzte sich und lehnte sich mit dem Rücken gegen die Tür. Selbstverständlich würde sie ihm den Gefallen tun und eine Wahl treffen. Falls der Typ es ernst meinte, konnte sie so zumindest Zeit schinden. Sie trank einen weiteren Schluck, dann griff sie nach den Umschlägen, in denen sich jeweils ein rechteckiges Kärtchen zu befinden schien. Auf jeden Fall fühlte es sich so an, als sie einige der Kuverts knickte. Kathy hielt sie in Richtung der Neonröhre und versuchte hindurchzuschauen, konnte aber nichts erkennen, abgesehen vom Schatten der Karten.

»Sie haben noch dreißig Sekunden Zeit!«

Kathy zählte in Gedanken von dreißig rückwärts. Als sie bei fünf angekommen war, legte sie neun der Umschläge vor die Klappe und stand auf.

Kapitel 2

Nachdem sie auf Anweisung der Stimme fünf Schritte zurückgetreten war, öffnete sich wenig später die Klappe und eine Hand nahm die restlichen Umschläge an sich. Ein Klacken verriet Kathy, dass sie danach verschlossen wurde. Noch einmal ging sie zur Tür, überprüfte ihren Verdacht und stellte fest, dass sie recht gehabt hatte.

»Bitte setzen Sie sich irgendwo hin.«

»Ich stehe lieber«, sagte Kathy in den Raum hinein.

»Wenn Sie in einer Minute noch stehen, werden Sie erschossen«, antwortete die Lautsprecherstimme.

»Lass dir mal was Neues einfallen«, murmelte sie, verdrehte die Augen und setzte sich neben den Schrank mit den Mullbinden. Sie würde versuchen, unauffällig die Unterseite nach dem Schlüssel abzutasten.

»Sie werden den Schlüssel ohne die Hinweiskarte nicht finden«, sagte die Stimme.

Kathy zuckte innerlich zusammen, versuchte aber, sich nichts anmerken zu lassen. Dennoch brachte diese Aussage sie in die Realität zurück. Mit zitternden Händen legte sie den Umschlag auf ihre Oberschenkel. Inzwischen war es ihr auch egal, dass sie obenrum nackt war. Sollte sich der Perverse doch an ihren Titten aufgeilen.

»Kann ich das Ding jetzt aufmachen?«, rief sie laut.

»Wenn ich es sage«, war die Antwort. »Ich werde Ihnen zunächst die anderen Umschläge vorlesen, damit Sie wissen, was Ihnen entgangen ist.«

»Tu dir keinen Zwang an, du Arsch«, flüsterte Kathy. Als auch nach einer Minute nichts passiert war, legte sie sich vor den Schrank und streckte die Arme darunter. Was hatte sie zu verlieren?

Sie tastete gründlich jedes mögliche Versteck ab, musste allerdings frustriert feststellen, dass es hier definitiv keinen Schlüssel gab. Es wäre ja auch zu einfach gewesen.

»Sie werden den Schlüssel ohne die Hinweiskarte nicht finden.« Der Typ hatte es ja gesagt.

Kathy stand auf, um sich den Schrank vorzunehmen, als die Stimme sie zusammenzucken ließ: »Wenn Sie bei drei nicht wieder sitzen, werden Sie erschossen. Eins! Zwei! Drei!«

Kathy ließ sich auf den Hosenboden fallen. Der Kerl hatte verdammt schnell gezählt. Sie spürte ihren rasenden Herzschlag.

Versuch, ruhig zu atmen!, ermahnte sie sich. *Nur keine Panik aufsteigen lassen! Der Kerl ist eindeutig verrückt.*

Inzwischen war Kathy davon überzeugt, dass er seine Drohung wahr machen würde. Er würde sie ohne Skrupel erschießen. Warum sie da plötzlich so sicher war, konnte sie sich nicht erklären, aber sie glaubte ihm. Das alles hier war derart verrückt, dass es nur wahr sein konnte. Dieser Keller – Kathy ging mittlerweile davon aus, dass es sich um einen solchen handelte – war anders als die Keller, die sie aus ihren Thriller-Romanen kannte und in denen Frauen festgehalten und gefoltert wurden. Hier roch es nicht feucht und modrig, nicht eine einzige Spinne war in den Ecken zu sehen. Keine eingetrockneten Blutflecke – wobei dies durchaus ein Hinweis darauf sein konnte, dass es sich bei Kathy um das erste Opfer des Verrückten handelte. Dieser Raum war nicht klein und eng, wie man es von den meisten Kellern gewöhnt war. Ganz im Gegenteil: Durch seine ungewöhnliche Größe, gepaart mit den Säulen, entstand ein Gefühl der Freiheit, die dennoch nicht gegeben war. Allem Anschein nach hatte der Kerl nicht vor, Kathy hier lange gefangen zu halten. Es gab keine Matratze, weder eine typisch versiffte noch eine saubere, die gut roch. Es sei denn, er wollte sie in diesem Hundekäfig halten wie ein wildes Tier, was sie nach Monaten oder gar Jahren Gefangenschaft mit Sicherheit sein würde.

»Faust!«, kam es aus dem Lautsprecher. Das Reißen von Papier war zu hören. Ebenfalls dumpf und verlangsamt. »Das Motto aus dem ersten Umschlag. Es hätte bedeutet, dass Sie den Raum nur mit insgesamt fünf Fingern verlassen dürfen.«

»Sie sind doch nicht ganz dicht!«, murmelte Kathy.

Wollte der Kerl tatsächlich, dass sie sich fünf Finger abschnitt?

Nein, denn den Umschlag hast du nicht gewählt!

»Skinhead! Sie dürfen den Raum haarlos verlassen.«

Kathy schüttelte den Kopf.

»Das wäre übrigens eine sehr schmerzhafte Auswahl gewesen«, sagte die Stimme. »Es befindet sich nämlich kein Rasierer oder dergleichen im Raum. Sie hätten sich die Haare somit ausreißen müssen.«

Kathy spürte, wie Druck in ihren Augen entstand. Sie ließ den Kopf gesenkt, um sich keine Blöße zu geben.

»Nummer drei: Totenkopf! Sie dürfen den Raum ohne Gesichtshaut verlassen.« Kurze Stille, in der aber nicht das Mikrofon abgeschaltet wurde. Kathy hörte Geräusche, die sie nicht zuordnen konnte. »Hierzu hätten Sie den Schraubenzieher benutzen können, der sich in der rechten Schublade befindet.«

Er will dich nur fertigmachen! Lass es nicht zu!

Sie versuchte es, doch es war schwierig. Die erste Träne tropfte auf ihre Jeans.

»Kapitän Ahab! Sie dürfen den Raum mit nur einem Bein verlassen.«

Kathy drückte die Hände auf die Ohren.

Ein ohrenbetäubendes Kreischen, ähnlich einer Rückkopplung, schrillte aus den Lautsprechern. Kathy schrie, denn sie hatte das Gefühl, ihr Schädel würde jeden Augenblick bersten. Dann war es still und nur ein stetiges Fiepen in ihren Ohren zeugte von der schmerzhaften Erfahrung.

»Lassen Sie Ihre Hände unten!«, hörte sie die dumpfe Anweisung. »Beim nächsten Mal verdoppelt sich die Dauer des Tons. Haben Sie mich verstanden?«

Kathy nickte. Irgendwo im Raum mussten Kameras installiert sein.

Abermals hörte sie das Reißen von Papier. Kurzes Schweigen. Dann: »Wie bedauerlich. Dies war die Schlüsselkarte.«

Morgen war Kathys Geburtstag. Ein halbrunder sozusagen. Fünfundzwanzig. Nelson, ihr Verlobter, hatte etwas vorbereitet. Kurz sah sie sein Gesicht vor sich, das wie das eines Kindes strahlte. »Ich werde dir nichts verraten, meine süße, neugierige Maus«, hatte er gegrinst.

O ja, er wusste um ihr unbändiges Verlangen, alles herauskriegen zu müssen. Sie liebte Überraschungen und gleichzeitig hasste sie den Zustand, nicht zu wissen, um was es sich handelte.

»Gib mir einen Hinweis«, hatte sie ihn angefleht, ihn umarmt und seinen Hals geküsst, weil sie wusste, dass ihn das geil machte. »Nur einen klitzekleinen.«

Sanft, mit diesem Lächeln, das sie so an ihm liebte, hatte er sie von sich geschoben. »Nicht den kleinsten«, hatte er gesagt.

Nun saß sie hier, in dem großen Kellerraum eines Verrückten, neben einem Schrank mit Mullbinden und einem Schraubenzieher in der rechten Schublade, mit dessen Hilfe sie sich das Gesicht hätte abschälen sollen, wenn sie die falsche Karte gezogen hätte. Was stimmte mit dieser Welt nicht?

»Nummer sechs!«

Ich will es nicht hören, sagte Kathy in Gedanken, ohne es auszusprechen. Sie hoffte einfach, dass ihr gezogener Umschlag nicht zu schlimm sein würde.

»Schneckentempo! Sie dürfen den Raum gänzlich ohne Beine verlassen.«

Nun blickte Kathy auf. Wie stellte sich der Kerl das vor? Als hätte er ihre Gedanken gelesen, sagte er: »Das war tatsächlich die schwierigste Aufgabe. Sie hätten daher entsprechende Anweisungen bekommen, diese in die Tat umzusetzen.«

»Sie sind zu großzügig«, sagte Kathy und senkte den Blick wieder auf ihren Schoß. Sie spürte, dass sie die Tränenflut nicht weiter aufhalten konnte. Dabei war sie eine Frau, die es unerträglich fand, zu weinen. Jedes Mal, wenn sie in Filmen diese Weiber sah, die mit vorm Gesicht zusammengeschlagenen Händen heulten, überkam sie ein mit Fremdschämen gepaarter Brechreiz. Als wäre das die einzige Möglichkeit, Weiblichkeit zu zeigen. Selbst wenn Kathy sich angestrengt hätte, hätte sie sich nicht daran erinnern können, jemals aufgrund einer unausweichlichen Situation geflennt zu haben.

»Ach schade«, tönte es nun aus dem Lautsprecher. »Magie! Das ist meine persönliche Lieblingskarte. Sie dürfen den Raum mit allen Körperteilen verlassen. Drei unterschiedliche müssen sich dazu in Ihrem Magen befinden. Ausgenommen sind Haare, Nägel und Zähne.«

Die Lautsprecher wurden stumm geschaltet und Kathy konnte die Stille förmlich spüren. Sie erzeugte einen

Druck in den Ohren, gefolgt von einem stetigen Fiepen, ähnlich einem Tinnitus, das aber nicht lange anhielt.

Die nächste Aussage bekam sie nicht mit, denn ihr vormals leises Weinen war in ein lautes Schluchzen übergegangen. Der Rotz, der aus ihrer Nase lief, bildete einen durchsichtigen Faden, der ihre Hose berührte und sich dort mit den Tränen vereinte. Was war sie nur für eine Memme. Aber das war ihr in diesem Moment egal. Bis auf den irren Typen konnte sie ja niemand sehen oder hören.

»Sie dürfen nun Ihren Umschlag öffnen.«

Kapitel 3

Kathy runzelte die Stirn, während sie auf die beige Karte zwischen ihren Fingern starrte. Sie hatte sich irgendwann wieder beruhigt und die Tränen waren versiegt. Danach hatte sie sich leer gefühlt und den Umschlag aufgerissen. Nun blickte sie auf, sah einfach in den Raum hinein, ohne ein bestimmtes Ziel, denn sie wusste ja nicht, wo sich die Kamera befand. Ihr Gesicht war von Tränen verschmiert, der zerlaufene Kajal glich einem ausgetrockneten Flussbett aus Ruß.

»Ich … Ich versteh das nicht«, rief sie.

Der Lautsprecher krächzte. »Lesen Sie vor, was auf der Karte steht.«

»Ich verstehe sie nicht«, sagte Kathy noch einmal. Als keine weitere Anweisung kam, räusperte sie sich und las: »Insektendasein!«

»Strengen Sie Ihren Verstand an. Was unterscheidet uns von den Insekten?«

»Eine Menge. Von daher weiß ich nicht, was Sie von mir wollen.« Die Verzweiflung, die in Kathy rumorte, verwandelte sich allmählich in Wut.

»Strengen Sie sich an!«

War das alles, was ihr der Spinner an Hilfe gab?

»Nennen Sie mir den offensichtlichsten Unterschied in Bezug auf die Extremitäten«, sagte die Stimme ohne irgendeinen Anflug von Emotionen.

»Insekten haben sechs Beine«, antwortete Kathy. »Soll ich mir also zwei Beine annähen, um hier rauszukommen?«

»Das würde schwierig werden. Ich nenne Ihnen eine Alternativlösung: Sie müssen lediglich zwei Ihrer Extremitäten verdoppeln.«

Kathy blickte auf. »Das hilft mir auch nicht weiter.«

»Das ist nicht schwer. Sie werden draufkommen. Bedenken Sie aber: Wenn Sie die Aufgabe nicht binnen drei Stunden erfüllen, werden Sie erschossen. Zur Erfüllung benötigen Sie die Säge.«

Hastig drehte Kathy den Kopf. Der Tisch, aus dessen Platte das Sägeblatt zur Hälfte hervorragte, stand zwei Meter von ihr entfernt.

»Ich soll mir die Arme absägen?«

Die Lautsprecher antworteten nicht.

»Wollen Sie, dass ich mir die Arme absäge?« Lauter.

Abermals las sie die Karte und rief sich die Worte des Irren ins Gedächtnis: *»Sie müssen lediglich zwei Ihrer Extremitäten verdoppeln.«*

Nein, das konnte nicht bedeuten, dass sie sich die Arme absägen sollte. Oder?

»Müssen sich die Teile alle am Körper befinden?« Sie glaubte nicht, was sie da gerade fragte. Hatte sie wirklich vor, sich mit der Säge die Arme abzuschneiden?

»Natürlich!«, war die knappe Antwort.

Also fiel das Amputieren aus.

Es fällt alles aus, du dumme Kuh!, schalt sie sich. *Wie blöd bist du, dass du es überhaupt in Erwägung ziehst?*

»Ich will überleben!«, sagte sie, um sich vor sich selbst zu rechtfertigen.

Es war trotzdem idiotisch! Ja, das war es. Nichtsdestotrotz hatte sie noch keine Idee, wie sie das Geforderte in die Tat umsetzen sollte.

Du musst sie teilen!

Der Satz entstand in ihrem Kopf. Glasklar und dennoch nicht greifbar.

»Zur Erfüllung benötigen Sie die Säge!«

Sie stand auf und ging zur Kreissäge. Es war eine aus dem Baumarkt. Kathy konnte sich noch daran erinnern, als sie gemeinsam mit Nelson eine gekauft hatte. Nelson war handwerklich begabt und sie hatten sich vorgenommen, eine Holzterrasse im Garten zu bauen.

Plötzlich befand Kathy sich in genau jenem Garten. Sie sah Nelson mit verschwitztem Oberkörper, der ein Brett zum rotierenden Sägeblatt führte und es längs in zwei Teile schnitt. Als die Säge ihr Kreischen einstellte, hielt er die beiden Stücke nach oben und präsentierte sie stolz. »Genau gleich lang«, rief er grinsend. »Wie habe ich das bloß hinbekommen?« Er lachte laut, weil er sich über alles freuen konnte, auch wenn es noch so doof war.

»Du bist mein Sägegott«, sagte Kathy und küsste ihn.

Genau gleich lang! Nun wusste sie also, was die Karte bedeutete – was ihre Aufgabe war, um hier herauszukommen. Sie musste lediglich beide Unterarme in

Längsrichtung zerteilen. Schon war sie einem Insekt einen Schritt näher. Mithilfe der Säge natürlich.

»Kann ich Ihrem Gesichtsausdruck entnehmen, dass Sie auf die Lösung gekommen sind?« War aus der Stimme, die aus den Lautsprechern drang, so etwas wie Ironie herauszuhören?

Kathy sagte nichts, blickte lediglich auf das Sägeblatt mit den geschärften Zacken.

»Ich empfehle Ihnen, nach der ersten Teilung die Wunde zunächst zu verbinden. Des Weiteren schlage ich vor, möglichst schnell mit der Prozedur zu beginnen, für den Fall, dass Sie länger für die Versorgung benötigen. Sie werden gleich weitere Wasserflaschen bekommen, von denen eine mit einer Salzlösung versehen ist. Wegen des Blutverlustes. Zudem erhalten sie eine Spritze mit einem Schmerzmittel. Ich empfehle, dass Sie sich diese setzen, bevor Sie anfangen. Ihnen bleiben zwei Stunden und sechsundvierzig Minuten.«

Kapitel 4

Vor wenigen Minuten hatte ihr die Stimme mitgeteilt, dass sie noch eine Stunde Zeit habe.

Kathy hatte den gesamten Kellerraum insgesamt dreimal abgesucht. Beim letzten Mal hatte sie sogar die Wände und die Pfeiler mit dem Schraubenzieher abgeklopft, in der Hoffnung, irgendwo ein Geräusch zu verursachen, das auf einen Hohlraum hindeutete. Sie hatte den Schrank, die Tischkreissäge und den Zwinger verschoben. Das Resultat war überall dasselbe: vom Schlüssel keine Spur.

Anfangs hatte sie befürchtet, die Stimme würde ihr das Suchen untersagen oder sie ständig darauf hinweisen, dass sie ohne Karte keine Chance hatte, doch nichts dergleichen passierte. Das Einzige, was hin und wieder aus den Lautsprechern drang, war die Ansage, wie viel Zeit ihr noch blieb, bis sie erschossen werden würde.

Inzwischen hatte Kathy eine weitere Wasserflasche geleert, nun besaß sie noch drei, von denen eine die Salzlösung enthielt. Sie hatte einmal in einer Zeitschrift gelesen, dass in Krankenhäusern bei hohem Blutverlust Kochsalz gegeben wurde, zum Beispiel bei Operationen. Die Spritze mit der gelblichen Flüssigkeit hatte sie nicht angerührt. Kathy hasste Nadeln. Mit Sicherheit würde sie das Bewusstsein verlieren, wenn sie sich das Ding selbst in den Körper rammte. Allein beim Gedanken daran wurde ihr schwummrig.

Sie schob die Mullbinden beiseite und setzte sich auf die Ablage des Schränkchens. Mit den Armen stützte sie sich auf die Oberschenkel und blickte auf die Tür, die sie in die Freiheit führen würde. Bevor Kathy mit der hoffnungslosen Suche nach dem Schlüssel begonnen hatte, hatte sie den Sägetisch unter eines der Fenster geschoben. Sie hatte sich der vagen Hoffnung hingegeben, um Hilfe rufen zu können.

Als sie dann mit dem Gesicht vor dem bruchsicheren Glas verweilte, hatte sie es zwar kurz versucht, schnell aber wieder eingestellt. Vor den Fenstern befand sich eine Rasenfläche, deren Ende von einer Gartenlaube oder einem Geräteschuppen gesäumt war. Sonst hatte Kathy nichts sehen können, nur dass das Wetter ziemlich beschissen war. Feiner Nieselregen hing in der Luft.

Du hast nur zwei Möglichkeiten, hier rauszukommen, Mädchen! Nummer eins: tot! Nummer zwei: lebendig, aber mit zwei zersägten Extremitäten!

Je mehr Minuten verstrichen, umso klarer wurde Kathy diese Erkenntnis. Es sei denn, es handelte sich bei alledem um einen äußerst geschmacklosen Scherz. Für einen kurzen Moment keimte die Befürchtung in ihr auf, dass es sich um die ›Überraschung‹ von Nelson handelte. Doch hatte sie diese schnell wieder verworfen, da sie wusste, dass auch er nicht auf derartige Scherze stand.

Es gab also nur eine Option, es herauszufinden. Sie musste die Säge anschmeißen und ihre Hand zum Sägeblatt führen – wie ein Brett, das in der Mitte geteilt werden sollte. Wenn das alles nur ein Scherz war, dann würde der Lautsprecher-Typ ganz bestimmt den Strom abstellen, bevor das Metall in ihre Haut eindrang. Kathy würde ein herzhaftes Lachen hören und sie würde den Typen entweder umarmen oder ihm die Nase brechen, sollte er danach den Raum betreten. Oder beides. Und doch wusste sie insgeheim, dass das nicht passieren würde. Noch knapp eine Stunde, bis ihr altes Leben endete. Auf die eine oder andere Weise.

Wenn sie sich allerdings jetzt in diesem Keller betrachtete, in dem sie halb nackt auf einem Schrank saß und zwischen Hoffnung und Resignation pendelte, dann fragte sie sich, ob sie ihr altes Leben nicht bereits verloren hatte. Würde es je wieder wie früher sein? Unabhängig vom Ausgang?

Selbst wenn sich das Ganze als übler Scherz entpuppte, bliebe da immer noch die Angst, der sie ausgesetzt gewesen war. Konnte man ein derartiges Gefühl überhaupt jemals vergessen?

»Noch fünfundvierzig Minuten.«

Kathy atmete schwer aus. Sie betrachtete die Mullbinden – fünfzehn Rollen an der Zahl – und die steril verpackten Wundauflagen.

»Scheiße!«, murmelte sie, nahm eine der Verpackungen und riss sie mit den Zähnen auf. Sie legte sie so neben sich, dass sie die Auflage ohne Umstände benutzen konnte. Sollte sie es tatsächlich schaffen, sich einen Arm der Länge nach zu zersägen – Gott bewahre, überhaupt darüber nachzudenken –, so konnte sie sich durchaus vorstellen, diesen mit der anderen Hand verbinden zu können. Doch was passierte danach? Dann, wenn sie auch den anderen Arm zerteilt hätte. Wie sollte man mit zwei zerstörten Händen einen Verband anlegen?

Und im Anschluss darfst du den Schlüssel suchen. Du musst ihn ins Schloss stecken und eine Tür öffnen!

Sie meinte, ein gehässiges Lachen in ihrem Inneren zu hören.

Noch einmal fiel ihr Blick auf die Mullbinden, als sie im selben Moment eine Idee hatte: Du musst sie abbinden!

Warum war sie nicht schon früher auf die Idee gekommen? Sie würde sich die Oberarme abbinden, um die Blutung möglichst gering zu halten. Logisch!

Noch vor gar nicht so langer Zeit hatte ihr Nelson von dieser Methode erzählt. Er war seit Kurzem bei der Freiwilligen Feuerwehr beschäftigt und hatte Erste-Hilfe-Methoden bei schweren, offenen Wunden und unfallbedingten Amputationen erlernt.

»Ein richtiges Abbinden kann unangenehm sein«, hatte er erläutert, »sorgt aber dafür, dass der Patient nicht sofort verblutet.«

Kathy rutschte vom Schrank, eilte zur Tür und nahm die Spritze auf. »Was ist da drin?«, rief sie in den Raum.

Die Lautsprecher krächzten statisch. »Ein Analgetikum. Ihre Zeit läuft in neunzehn Minuten ab.« Stille.

Kathy betrachtete die zur Hälfte gefüllte Spritze. Mit Sicherheit würde sie die brauchen, denn sie wollte diesen Irrsinn überleben. Und wenn das Durchtrennen ihrer Arme dazugehörte, dann würde sie es in Kauf nehmen.

Er wird dich eh erschießen!

Die Wahrscheinlichkeit bestand, diesbezüglich machte sie sich nichts vor. Aber dann war es eben so. Zumindest existierte die Chance, dass er sie laufen ließ, und dieser Gedanke gab ihr Kraft.

Sie ging zurück zur Kreissäge und betätigte den Knopf zum Anschalten. Ein markerschütterndes Surren war zu hören und eine Sekunde später rotierte das Blatt mit voller Drehzahl. Ihr Magen zog sich zusammen. Kathy stellte die Maschine ab. Das Blatt erstarrte augenblicklich in seiner Bewegung.

Ab jetzt sollte es schnell gehen. Sie hatte sich von dem Gedanken verabschiedet, dass der Typ das Ganze kurz vorher abbrechen würde. Nein, das würde nicht geschehen.

Kathy zog die Schutzhülle von der Nadel, die etwas länger als ihr Daumennagel war. Sie spürte, wie Hitze in ihr aufsteigen wollte. Ohne einen weiteren Gedanken zu verschwenden, stach sie sich die Nadel in den Oberarm und drückte die Flüssigkeit hinein.

Augenblicklich entstand ein warmes Gefühl um die Einstichstelle. Kathy zog die Spritze heraus, legte sie auf den Schrank und trank einen Schluck. Die aufkeimende Hitze verschwand.

»Noch fünfzehn Minuten!«

»Fick dich!«, murmelte Kathy. Der linke Arm war zuerst dran. Sie drückte ein Verbandspäckchen gegen die Arterie ihres Oberarms und wickelt eine Mullbinde stramm darum. Zunehmend spürte sie, wie sich der Druck erhöhte und ein Kribbeln in ihren Fingern entstand.

Nun war es also so weit. Sie stand kurz davor, sich selbst zu verstümmeln. *Lieber Gott, lass mich das alles überleben!*

Sie zwickte sich in den Arm, hatte allerdings nicht das Gefühl, dass die zuvor gesetzte Spritze irgendein Schmerzempfinden ausgeschaltet hatte. Hatte sie etwas falsch gemacht?

»Ihre Zeit läuft in zwölf Minuten ab.« Inzwischen jagte ihr die verstellte Stimme einen Schauer über den Rücken. Sie stellte sich den Hohn vor, wenn sie sich die Arme zersägen würde und währenddessen die Zeit endete. ›Tja‹, würde die Stimme sagen. ›Das haben Sie zwar toll gemacht, aber Sie haben es nicht innerhalb der gesetzten Frist geschafft. Leben Sie wohl.‹ *Peng!*

Ein weiteres Mal spürte Kathy den Würgereiz in ihrem Hals.

Ein Taubheitsgefühl breitete sich in ihrem Unterarm aus. Schnell wiederholte Kathy die Prozedur am anderen

Arm, bevor das Gefühl in ihren Fingern gänzlich verschwunden war.

Die Adern an ihren Händen quollen hervor.

Kathy blickte auf. Irgendwie wünschte sie sich plötzlich, das Gesicht des Typen zu sehen, wusste jedoch gleichzeitig, dass das nicht passieren würde. Deshalb grinste sie selbstsicher und hoffte, dass sie ihm damit den Spaß verdarb.

Als sie auf den Startknopf der Säge drückte, passierte nichts.

Kathy spürte die Panik, die augenblicklich in ihr aufstieg. Ein wimmerndes »Bitte nicht!« kam über ihre zitternden Lippen.

Noch einmal drückte sie auf den Knopf. Diesmal erkannte sie, dass ihr Handgelenk dabei nach hinten knickte, weil sie, aufgrund der Taubheit ihrer abgebundenen Arme, keinen Druck ausüben konnte. Daran lag es also. Die Panik blieb dennoch erhalten und legte sich um ihren Körper wie eine warme, schleimige Schicht.

Sie benutzte das Knie, um die Säge zu starten. Als das surrende Geräusch entstand, war sie kurz davor, einen Jubelschrei in den Raum zu stoßen, doch dann wurde sie sich wieder ihrer perfiden Situation bewusst, sodass ihr der Schrei im Hals stecken blieb.

In wenigen Augenblicken würde dieses Geräusch dafür sorgen, dass ihre Arme in zwei Hälften gesägt wurden. Es gab also keinen Grund zum Schreien, zumindest keinen der Freude wegen, denn schreien würde sie, da war sie sich sicher.

Ihre Arme fühlten sich mittlerweile tot an. Sie konnte sie zwar anheben, doch fühlte sich das, was da an ihr hing, an, als würde es nicht mehr zu ihrem Körper gehören.

Kathy ließ den linken Unterarm auf den Tisch fallen, in dessen Mitte das Sägeblatt nach ihrem Fleisch lechzte. Sie hörte, wie die Lautsprecher krächzten. Wahrscheinlich wollte das Dreckschwein ihr die restliche Zeit mitteilen.

Oder er sagt dir, dass es ein Scherz war!

Kathy Augen wurden groß. Konnte das sein?

Kurz verharrte sie, lauschte und versuchte, das Surren der Säge auszublenden.

»Sie haben noch exakt drei Minuten Zeit.«

Es war also kein Scherz! Aber das war ihr ja bereits bewusst gewesen, und so schob sie die Finger näher an das Sägeblatt heran. Inzwischen konnte sie den Windzug deutlich spüren, der ihr die Haarsträhnen aus dem Gesicht blies. Oder bildete sie sich das nur ein? *Drei Minuten sind nicht lang*, war ihr letzter Gedanke, bevor sie mit dem Körper das Blatt zwischen Mittel- und Ringfinger drückte.

Zunächst war es nur ein gewaltiger Ruck, als die rotierenden Zacken ihr Fleisch auseinanderrissen und ihren Körper leicht nach vorn zogen. Kathy schrie und drückte den Arm weiter in das Metall. Sie sah das Blut, das von ihr weg in den Raum spritzte. Ihr Schrei wurde lauter.

Die Säge war inzwischen dabei, Elle und Speiche voneinander zu trennen.

Kathy spürte keinen Schmerz und doch nahm ihr Schrei nicht ab. Es war ein Schrei, der einzig und allein der unbändigen Wut geschuldet war.

Sekunden später war ihr Unterarm der Länge nach durchtrennt. Sie zog ihn zurück und erstarrte bei dem grotesken Bild, das sich ihr bot. Ihr Arm sah nicht mehr wie der eines Menschen aus. Die beiden Hälften hingen einige Zentimeter auseinander, wirkten falsch, wie Arme eines außerirdischen Wesens. *Du verwandelst dich in ein Insekt! So, wie er es von dir verlangt hat.*

Sie erkannte die Knochen, die von rotem Fleisch umgeben waren. Fleisch, das lediglich glänzte. Blut tropfte nur verhalten aus einigen Stellen.

Sie riss sich von dem Bild los. Ihr Schrei war noch nicht verstummt, als sie nun auch den rechten Arm seinem Schicksal entgegenschob.

Dass sie dabei vergaß, die Wunde zu versorgen, merkte sie nicht. Die Zeit lief.

Kapitel 5

Alles war still. Kathy wankte über dem rot gesprenkelten Betonboden auf die Tür zu.

»Herzlichen Glückwunsch«, sagte die Stimme. »Die Metamorphose ist Ihnen gelungen. Die Schlüsselkarte wird Ihnen zugestellt.«

Für einen kurzen Moment verschwamm alles vor Kathys Augen. Sie spürte, dass ihre Arme seitlich an ihrem Körper hingen. Hin und wieder fielen Tropfen Blut zu Boden, aber das Abbinden bewahrte sie davor, an den Wunden zu verbluten. Nelson wäre stolz auf sie.

Das Analgetikum machte alles in ihrem Körper dumpf. Kathy konnte sich durchaus vorstellen, vor welchem Schmerz es sie bewahrte.

Kurz spürte sie ihre Blase, bevor diese sich entleerte, ohne dass Kathy es hätte verhindern können. Die Wärme zwischen ihren Beinen nahm sie mit Genugtuung wahr, denn sie zeigte ihr, dass sie noch etwas fühlen konnte.

Die Türklappe öffnete sich und eine Karte, ähnlich der, die sie aus dem Kuvert gezogen hatte, wurde in den Raum geschoben.

Die Schlüsselkarte!

Kathy beschlich ein freudiges Gefühl. Sie war gespannt, wo sich der beschissene Schlüssel befinden würde. Schließlich hatte sie dreimal den gesamten Raum abgesucht. Ein Stechen schoss durch ihren rechten Arm, das

Kathys Herz einen beängstigen Sprung verpasste. Sollte der Schmerz jetzt kommen? Ließ die Wirkung der Spritze bereits nach? Sie beschleunigte ihre Schritte und hatte wenig später die Karte erreicht. Sie lag verkehrt herum, sodass Kathy sich auf die Knie fallen lassen musste, um das Ding irgendwie zu drehen.

Sie beugte den Oberkörper nach unten, um mit dem Mund an die Karte zu kommen. Dabei merkte sie nicht, dass sie die beiden Knochen des rechten Arms auseinander drückte. Erst als sie mit der Zungenspitze das Papier berührte, sah sie aus dem Augenwinkel den halben Unterarm neben ihrem Gesicht liegen.

Sie schrie auf und riss den Oberkörper nach oben. Die beiden Armhälften klappten wieder zusammen. Das war der Moment, in dem der Schmerz entstand. Er war noch nicht unerträglich, aber Kathy erkannte deutlich, dass er es in nicht mehr allzu langer Zeit sein würde.

Als sie sich das nächste Mal hinunterbeugte, achtete sie darauf, dass sich alle vier Armhälften nach hinten schoben.

Sie drückte die Zunge auf die Karte und hob vorsichtig den Kopf. Das Papier blieb kleben und sie versuchte, es mit den Lippen zu fassen zu bekommen. Sie spürte die Druckverbände wie eine Schelle aus glühendem Stahl. Kathy schrie auf, wobei sich die Karte von ihrer Zunge löste und wieder zu Boden segelte.

Der Schrei wurde zu einem verzweifelten Fluch, bis sie erkannte, dass die Karte mit der Schrift nach oben lag.

Und was sie dort las, erstickte den Schmerzensschrei in ihrer Kehle. Keuchend ließ sie die Luft aus ihrer Lunge strömen.

›Sesam, öffne dich!‹

Das war also der verdammte Schlüssel, nach dem sie so lange gesucht hatte? Sie musste mehrmals schlucken, bevor ihr die Worte über die Lippen kamen.

Kaum hatte sie sie ausgesprochen, als das Klacken ertönte, das Kathy bereits vom Zwinger her kannte, als dieser sich geöffnet hatte.

Keuchend erhob sie sich. Kurz flackerte der Gedanke in ihr auf, dass auf der anderen Seite der Typ mit einer Knarre stehen würde. Doch dem war nicht so. Hinter der Tür befand sich ein Flur, der nach rechts und links führte.

Kathy trat aus dem Horrorraum hinaus.

Eine Kälte umfing sie, die dafür sorgte, dass ihr die Schmerzen, die sich inzwischen auf beide Arme erstreckten, wieder bewusst wurden. Es war ein pulsierender Schmerz, der wie eine Feuerwalze durch ihr Fleisch zog, um jeden verdammten Nerv einzuhüllen. Und jeder Atemzug sorgte dafür, dass es schlimmer wurde.

Kathy entschied sich für die rechte Seite und wankte über den schummrig beleuchteten Flur. Ihr Atem glich mehr einem Wimmern, das hin und wieder durch ein Hochziehen von Rotz unterbrochen wurde. Sie spürte förmlich, wie sich das letzte bisschen Leben, das sich dank des Abbindens noch in ihr befand, in Schmerz auflöste. Zum ersten Mal wünschte sie sich, sie hätte sich fürs Erschießen entschieden.

Nach wenigen Metern hörte sie Schritte, die sich ihr schnell näherten. Sie kamen definitiv von vorn. Kathy blieb stehen. Ihre zerstörten Arme hingen herab und pendelten vor und zurück. Ihre Augen füllten sich mit Tränen, die kurz darauf über ihre Wangen liefen.

Kathy ließ den Kopf sinken. Der Kampf war vorbei. Nichts war mehr in ihrem Inneren, das sie hätte mobilisieren können.

Sie spürte, wie Hände ihre Oberarme umfassten. Zwar sanft, aber doch fest.

»Kommen Sie«, sagte die Stimme. »Sie haben alles richtig gemacht. Ich bin Krankenschwester und werde Ihre Wunden notdürftig versorgen. Danach fahre ich Sie in ein Krankenhaus. Kommen Sie mit.«

Kathy ließ sich den Flur entlangführen. Sie hatte es wirklich geschafft, dennoch konnte sie die Tränen nicht stoppen. Sie hatte so viele Fragen, doch sie tapste schweigend neben der Frau her, die sie davor bewahrte, auf dem Boden aufzuschlagen. Immer weiter gingen sie. Immer weiter, einer unbekannten Zukunft entgegen.

Teil 2 – Entscheidungen

Kapitel 1

Im Sekundentakt zuckten Blitze am Himmel. Der Regen, der prasselnd über das Gelände zog, übertönte das stetige Grollen des Donners, das wie das Knurren eines wütenden Hundes klang. Die Oberfläche des nahe gelegenen Sees schien zu vibrieren; Wasser tanzte auf Wasser. Das war das Bild, das Gregory McLane vor Augen hatte, wenn er an jenen Tag zurückdachte, an dem seine Mutter mit ihm zusammen Dad verlassen hatte. Damals war er acht Jahre alt und viel zu klein für sein Alter gewesen, was seine Mitschüler bei jeder Gelegenheit für hemmungsloses Mobbing genutzt hatten.

Vielleicht wäre es von Vorteil, wenn vieles aus der Erinnerung verschwinden würde und einfach weg wäre, weil es nichts brachte, daran zurückzudenken. Leider war das nicht der Fall.

Als wäre es gestern gewesen, sah Gregory diesen tanzenden See. Häufig vorm Einschlafen oder wenn er des Nachts schweißgebadet aus einem Albtraum erwachte, an den er sich schon wenige Augenblicke nach dem Aufwachen nicht mehr erinnerte. Selbst heute, fast fünfundzwanzig Jahre danach, konnte er dieses Geräusch des auf dem See tanzenden Regens hören, wenn er davon träumte. Und dann kam alles wieder zurück:

Ma schob ihn vor sich her, hektisch und immerzu rufend, dass er sich beeilen sollte. Meist sah Gregory jedoch nur ihren offenen Mund und die sich bewegenden Lippen, weil im selben Augenblick ein ohrenbetäubendes Donnern ihre Worte verschluckte.

Das Auto, auf das sie zuliefen, war durch die Regenwand kaum als ein solches zu erkennen. Wie ein Relikt aus Urzeiten stand es dort inmitten der Nacht, kurz erhellt durch einen Blitz, der in den See einschlug. Zumindest sah es für Gregory so aus, aber vermutlich schlugen die Blitze eher in einen der imposanten Bäume ein, die an vielen Stellen um den See herum standen.

Dads hölzernes Ruderboot, mit dem sie oft gemeinsam zum Angeln auf den See gefahren waren, schlug gegen den Steg, an dem es mit einem Tau befestigt war. Ein Außenstehender hätte Hand und Fuß gewettet, dass es jeden Augenblick auseinanderbrechen würde, aber Gregory wusste, wie stabil das Boot war. Das hatte ihm Dad oft voller Stolz erzählt. Und schließlich hatte es bisher jedes noch so starke Unwetter heil überstanden.

Während Gregory und seine Mutter sich durch das sintflutartige Getöse kämpften, brüllte Dad hinter ihrem Rücken. Er stand im Eingangsbereich des Herrenhauses und ihre Haushälterin Meredith versuchte, ihn davon abzuhalten, in den strömenden Regen hinauszulaufen. Sie wusste um seinen schlechten Gesundheitszustand, der es ihm verbot, sich Kälte oder Nässe ungeschützt auszusetzen.

»Du wirst es niemals ohne mich schaffen!«, schrie er gegen den Regen an. »Niemals! Hörst du mich?«

Gregory blickte zu seiner Mutter auf, deren Lippen zu einem schmalen Streifen gepresst waren und deren Haar in langen Strähnen auf ihrem Gesicht klebte. Abermals zuckten Blitze über den Himmel. Gregory hatte das Gefühl, ihre Hitze in den Augen zu spüren.

Eine gefühlte Ewigkeit später erreichten sie endlich das Auto. Ma warf ihm lediglich einen dünnen Mantel über, nachdem sie ihn vor zehn Minuten aus dem Bett gerissen hatte, und so war Gregory froh, dem Regen und der Kälte zu entkommen, als sie ihn förmlich auf die Rückbank schubste.

»Schnall dich an!«, befahl sie kurz darauf. Sie saß auf dem Fahrersitz und wischte sich die Haare aus dem Gesicht.

Gregory gehorchte zitternd.

Als der Wagen ansprang, warfen die Scheinwerfer ein gespenstisches Licht über den See. Seine Mutter setzte zurück, legte den Vorwärtsgang ein und beschleunigte derart heftig, dass Gregory die Kieselsteine hörte, die gegen den Boden des Fahrzeugs geschleudert wurden. Es klang wie ein Hagelschauer, der aus der falschen Richtung kam.

Gregory drehte sich um und blickte aus dem Rückfenster. Die Villa wurde kleiner, aber dennoch erkannte er Dad und Meredith im Türrahmen. Was um Gottes willen war vorgefallen? Er drehte sich zurück und betrachtete das Gesicht seiner Mutter, die unbeweglich nach vorn in den Regen starrte, im Rückspiegel. Hatten Ma und Dad sich gestritten? Er ging davon aus.

Gregory spürte die Tränen, die in seinen Augen standen. Er wollte nicht heulen, schließlich war er kein kleines Mädchen, aber sie liefen einfach aus ihm heraus. Gleichzeitig war er froh, in diesem Moment nicht von seinen Klassenkameraden gesehen zu werden. ›Guckt euch den Zwerg an! Heult wie ein Baby!‹, würden sie lachend grölen. Der eine oder andere würde sich sogar im Schutz seiner Freunde an ihn heranschleichen und ihm einen harten Stoß in die Seite verpassen oder ihm gegen den Hinterkopf schlagen. ›Nun heult das Baby noch mehr!‹

»Ma?«, fragte Gregory vorsichtig.

»Jetzt nicht!«, war die Antwort, die noch mehr leise Tränen hervorbrachte.

Kapitel 2

Eine Woche später
Gregory saß im Nebenzimmer, das seine Mutter und er bei ihrer Schwester bezogen hatten. Wieder einmal hörte er Mas laute Stimme, als sie mit Dad telefonierte. »Niemals!«, kreischte sie in den Hörer und legte auf.

Gregory hasste es, wenn sie so war. Sie hatte ihm keine Begründung dafür geliefert, warum sie plötzlich zu Tante Becky gefahren waren und sich dort eingenistet hatten. Stattdessen hatte sie ihm jeglichen Kontakt mit seinem Dad verboten. Bis heute hatte er nicht mehr mit ihm gesprochen.

»In Kürze entscheidet ein Gericht, ob du dich in Zukunft mit deinem Vater treffen darfst. Bis dahin ist Funkstille.« Das war alles, was sie ihm mitgeteilt hatte. Gregory musste also auf die Entscheidung irgendeines Gerichts warten, was auch immer damit gemeint war. Wieso konnte ein Gericht darüber urteilen, ob ein Kind seinen Vater sehen oder gar mit ihm sprechen durfte? Es war doch Gregorys Vater und nicht der des Gerichts.

Gregory hatte Tante Becky darauf angesprochen, als Ma zum Einkaufen in die Stadt gefahren war. Tante Becky hatte sich zu ihm aufs Sofa gesetzt und einen Arm um ihn gelegt. »Ach, mein kleiner Greggi«, hatte sie gesagt. »Ich weiß leider auch nicht, was da gerade zwischen deinen Eltern los ist. Deine Mutter erzählt mir nichts und ich frage nicht weiter nach. Sie wird ihren Grund haben, warum sie das allein klären möchte. Sie hat mir sogar verboten, deinen Vater anzurufen. Es bleibt uns wohl nichts anderes übrig, als ihre Entscheidung zu akzeptieren. Sie wird uns schon erzählen, was passiert ist, wenn sie bereit dazu ist.« Tante Becky hatte ihm einen Kuss auf die Stirn gegeben und für einen kurzen Moment hatte Gregory sich gewünscht, dass sie seine Mutter wäre.

Diese stürmte jetzt ins Zimmer und suchte hektisch nach etwas. Gegenstände flogen zur Seite und sie fluchte, wie Gregory sie noch nie fluchen gehört hatte. Für gewöhnlich war Ma eine ausgeglichene, stets fröhliche Frau. Was hatte sie derart verändert?

»Was suchst du?«, fragte Gregory zaghaft.

»Meine Tasche«, zischte Ma, ohne ihn zu beachten.

»Fahren wir wieder nach Hause?« Ein winziger Hoffnungsschimmer keimte in ihm auf. Würde er Dad wiedersehen?

»Nein!«, fauchte sie. »Ich fahre hin!«

Gregory war verwirrt. »Du? Allein? Und was ist mit mir?«

Seine Mutter fand die Tasche in einer Ecke im Schrank und stopfte ein paar Sachen zum Anziehen hinein. »Du bleibst hier bei Becky«, sagte sie nebenbei.

Gregory stand auf und stellte sich neben sie. »Ich will aber auch zu Dad!«

»Diesmal nicht!«

»Du kannst mir nicht verbieten, ihn zu sehen!« Gregory musste aufpassen. Er spürte schon wieder, wie seine Augen glasig wurden. Und diese Blöße wollte er sich in diesem Moment partout nicht geben.

Ma beachtete ihn nicht und so umfasste er ihren Arm. Als hätte sie einen Stromschlag erlitten, riss sie ihn zurück. »Du bleibst hier, habe ich gesagt!«

Die Tränen liefen über seine Wangen. »Ich hasse dich!«, kreischte er und rannte aus dem Zimmer.

Hätte er gewusst, dass heute Mas Todestag wäre, hätte er mit Sicherheit anders reagiert.

Kapitel 3

Die Beerdigung fand im engsten Familienkreis auf dem Friedhof in Sherwood statt, was bedeutete, dass lediglich Tante Becky, Gregory und Dads Haushälterin Meredith anwesend waren. Dad selbst war nicht erschienen. Laut Meredith erlaubte es sein Gesundheitszustand nicht. Tante Becky hatte nur mit dem Kopf geschüttelt. Sie hatte die knapp fünf Autostunden zusammen mit Gregory auf sich genommen, weil es eine Selbstverständlichkeit war, ihrer Schwester die letzte Ehre zu erweisen. Der eigene Ehemann hielt das wohl nicht für nötig, obwohl er nur zehn Minuten vom Friedhof entfernt wohnte.

Der Reverend, den Becky nicht kannte, sprach ein paar Worte, die an diesem regnerischen Tag in der Luft verpufften, als wären sie niemals gesagt worden.

Gregory starrte auf den Sarg, der von vier Männern gleichzeitig mit langen Seilen ins Grab hinabgelassen wurde. Tante Becky hatte ihren Arm um ihn gelegt und weinte in ein Taschentuch. Der Reverend kam, gab ihr die Hand und sagte etwas. Dann ging er zu Meredith und zum Schluss zu Gregory, vor den er sich hockte und seine Hand auf dessen Kopf legte. »Sie wird es im Reich des Herrn gut haben, Gregory«, sagte er mit sanfter Stimme.

Gregory fand, dass er nach Kaffee und Zigaretten stank.

»Wenn ich etwas für dich tun kann, dann kannst du jederzeit zu mir kommen. Das Haus des Herrn ist auch dein Haus«, gab die Kaffee-Zigaretten-Stimme von sich.

Gregory hielt den Blick gesenkt. Der Reverend sollte nicht sehen, dass er nicht weinte. Ausgerechnet jetzt blieben seine Augen trocken. Er wusste auch nicht, was mit ihm los war. Machte ihn Mas Tod nicht traurig?

Als vor zwei Tagen – am Tag, als Ma zu Dad gefahren war – das Telefon gegen Abend geklingelt hatte, saßen Tante Becky und er auf dem Sofa und schauten sich einen Film an. Er war gerade ziemlich spannend und Tante Becky hatte noch überlegt, ob sie überhaupt aufstehen sollte, um den Anruf entgegenzunehmen.

»Vielleicht ist es ja Ma«, hatte Gregory gesagt.

Seine Tante hatte sich murrend erhoben. »Dann musst du mir aber gleich erzählen, was passiert ist.«

»Das mach ich.«

Während Gregory der Filmhandlung folgte, hörte er hin und wieder ein kurzes »Ja« aus Richtung des Flurs, in dem das Telefon stand.

Als Tante Becky Minuten später zurück ins Wohnzimmer kam, wurde in dem Film ein Mann auf offener Straße von einem Polizisten erschossen.

»Wow!«, rief Gregory. »Du verpasst richtig was, Tante Becky.«

Als sie nicht antwortete, hatte Gregory zur Tür geblickt, wo er sie stehen sah. Tränen liefen ihr die Wangen hinab und es sah aus, als müsste sie sich am Türrahmen abstützen, um nicht hinzufallen.

»Ist etwas passiert?«, hatte Gregory besorgt gefragt.

Tante Becky war zu ihm gekommen, hatte sich auf das Sofa gesetzt und ihren Arm um ihn gelegt. Unter Tränen hatte sie gesagt, dass er nun sehr tapfer sein müsse. »Deine Mutter hatte einen Autounfall, Greggi.«

»Ist sie tot?«, hatte er gefragt, was den Tränenfluss seiner Tante noch verstärkte.

»Dein Vater war am Telefon. Die Polizei war gerade bei ihm und hat ihm die traurige Mitteilung gemacht.«

Nun standen sie allein am Grab. Der Reverend und seine Helfer waren bereits vor zwanzig Minuten gegangen – wann Meredith aufgebrochen war, hatte Gregory nicht mitbekommen – und allmählich fing er an zu frieren. Ma hatte bei ihrer übereilten Abreise nicht viel für ihn eingepackt. Das Wärmste war dieser dünne Mantel, den er auch heute trug. »Fahren wir jetzt nach Hause?«, fragte er. Gregory hatte genickt. Weinen hatte er nicht gekonnt.

Tante Becky zog ihn an sich. »Du hast recht, Greggi. Lass uns fahren.«

»Können wir vorher noch bei Dad vorbeischauen?«

»Nein!«, antwortete Becky.

Gregory sagte nichts weiter dazu. Selbst wenn Dad krank war, hätte er zur Beerdigung kommen können. Doch anscheinend wollte er seinen Sohn nicht sehen. Diese Erkenntnis löste in Gregory weder Wut noch Traurigkeit aus. Es kam ihm vor, als sei er innen drin ganz leer.

Ausgehöhlt und ausgetrocknet wie ein toter Fisch, der tagelang in der Sonne gelegen hatte.

Gregory war einfach froh, diesem Ort entfliehen zu können. Er mochte keine Friedhöfe – genauso, wie er keine Krankenhäuser mochte, die irgendwie nach Tod rochen. Das hatte er zumindest so empfunden, als er vor drei Jahren mit Ma zusammen Oma besucht hatte, die mit Lungenkrebs auf einer Station lag, wo jeder Patient kurz vor dem Ableben stand. Gregory wusste nicht, wie der Tod roch, aber genau so stellte er sich dessen Geruch vor. Oma war drei Tage später gestorben, und bei ihrer Beerdigung hatte es auf dem Friedhof ebenfalls nach Tod gerochen.

»Glaubst du, dass Dad wirklich zu krank ist, Tante Becky?«, fragte Gregory, als er auf der Rückbank saß.

»Das kann sein«, antwortete sie knapp.

Vielleicht würde er Dad anrufen, sobald sie bei Tante Becky angekommen waren.

Kapitel 4

Gregory hatte es mehrmals versucht, nachdem sie die anstrengende Rückfahrt hinter sich gebracht hatten, doch Dad war nicht an den Apparat gegangen. Kurz vorm Schlafengehen hatte es Tante Becky selbst probiert und Meredith erwischt. Diese hatte ihr gesagt, dass Dad schliefe.

»Deinem Vater scheint es wirklich nicht gut zu gehen, Greggi«, sagte Tante Becky, als sie ihn zudeckte. Seit dem Tod seiner Mutter durfte er in ihrem Bett schlafen. Es war ein Doppelbett, obwohl Tante Becky niemals verheiratet gewesen war.

Morgen würde sie ihn in der hiesigen Schule anmelden, hatte sie gesagt, was Gregory ganz und gar nicht schlimm fand. Es gab nichts, was er an seiner alten Schule vermissen würde. Ganz im Gegenteil. Er war jeden Tag mit Abscheu hingegangen und meist hatte sich sein Gefühl als berechtigt erwiesen.

Dennoch konnte er an diesem Abend erst sehr spät einschlafen. Er dachte an Ma. Daran, wie er sie beschimpft hatte, als sie zu Dad fahren wollte. Ob sie deshalb den Unfall gehabt hatte? War sie derart traurig darüber gewesen, dass ihr einziger Sohn so mit ihr gesprochen hatte? Warum hatte sie ihm nur den Kontakt zu Dad untersagt? Irgendeinen Grund musste es gegeben haben.

Gregory versuchte, sich an etwas zu erinnern, an irgendeinen Streit oder an ein böses Wort von Dad, aber da war nichts. Seine Eltern hatten sich nie gestritten, Dad war immer nett gewesen und jedes Wochenende hatte Gregory sich auf die Bootstour auf dem See gefreut.

Während Dad geangelt hatte, hatte Gregory auf der Bank gesessen und die Ruhe genossen. Manchmal hatte er auch ein Buch gelesen. Dad hatte eine Zeit lang versucht, ihn ebenfalls zum Angeln zu animieren, aber für Gregory war das nichts. Er wollte keinen Fisch seines Lebensraums berauben, indem er ihn in einen Haken beißen ließ. Dad hatte es akzeptiert. Wahrscheinlich war auch er froh, die Ruhe genießen zu können, die über dem See hing wie die dünne Nebelschicht, die manchmal so wirkte, als würde das Boot auf Wolken schweben.

Aber irgendetwas musste passiert sein. Irgendetwas, wovon Gregory nichts mitbekommen hatte, denn für ihn war die übereilte Abreise aus heiterem Himmel geschehen. Anfangs hatte er vermutet, dass Dad Mum geschlagen hatte. Gregory hatte seine Mutter unauffällig beobachtet, wenn sie bei Tante Becky am Esstisch saßen, doch er hatte keinen blauen Fleck erkannt, der durch einen Schlag hätte entstanden sein können. Vielleicht hatte Dad auch eine andere Frau kennengelernt?

Bei seinem Klassenkameraden Robert Shane war das der Fall gewesen. Dessen Vater war mit seiner Sekretärin abgehauen. Einfach so. Und dann hatte er sich von seiner Frau scheiden lassen.

Wenn Gregory jetzt darüber nachdachte, dann war das jedoch etwas anderes. Dad würde niemals eine andere Frau toll finden. Dafür hatte er doch Ma und die beiden liebten sich.

Irgendwann – es war schon spät in der Nacht – wurden seine Gedanken lückenhafter und er driftete in einen unruhigen Schlaf. Er träumte davon, mit Dad gemeinsam im Ruderboot zu sitzen. Wie immer angelte Dad und Gregory beobachtete die Nebelschicht, die über dem See lag. Plötzlich tauchten Schatten darunter auf. Gregory wollte sie Dad zeigen, doch als er sich umdrehte, waren diese verschwunden. Gregory saß allein im Boot und die Schatten durchbrachen die wabernde Schicht. Hände tauchten auf. Faulig und mit Schlingpflanzen bedeckt. Sie kratzten mit ihren langen Nägeln am Boot, zogen an der Reling und brachten es nach kurzer Zeit zum Kentern. Gregory fiel raus und versank im bodenlosen Nebel.

Schreiend wachte er auf und hörte Tante Beckys Schnarchen. Es beruhigte ihn.

***

In der neuen Klasse fand er schnell Anschluss. Seine Mitschüler interessierten sich für Gregory und die Stadt, aus der er kam, und er musste viel darüber erzählen. Seine Sitznachbarin – sie hieß Noemi Malroy – fand er richtig toll. Sie war sehr still, aber wenn sie ihn ansah, lächelte sie, was sein Herz höherschlagen ließ. Abends, wenn er in

Tante Beckys Bett lag, dachte er an Noemi und stellte sich vor, wie er mal mit ihr zusammen ein Eis essen würde.

Die meisten Jungs in seinem Alter fanden Mädchen doof. Gregory eigentlich ja auch, aber bei Noemi war es etwas anderes. Manchmal stellte er sich sogar vor, sie zu heiraten, wenn sie beide erwachsen wären. Er würde sie immer lieben und niemals eine andere Frau toll finden. Und er würde sich unter keinen Umständen mit ihr streiten. Sie würden ein langes Leben führen und glücklich sein. Selbstverständlich würde er sie nie darauf ansprechen, aber allein die Vorstellung tat ihm gut und er schlief jedes Mal mit einem Lächeln auf den Lippen ein.

Tante Becky sprach ihn beim Frühstück darauf an. »Mir ist aufgefallen, dass dir die neue Schule gefällt. Habe ich recht?«

Gregory spürte die Hitze, die in sein Gesicht stieg. Er hasste so was. Glücklicherweise erwähnte es Tante Becky nicht, wie es seine ehemaligen Schulkameraden in Sherwood getan hatten, wenn er von irgendeinem Lehrer aufgerufen wurde. *»Guckt euch die Tomate an!«* Grölendes Lachen, das dazu geführt hatte, dass Gregorys Gesichtsfarbe noch ein paar Nuancen dunkler wurde.

»Es gefällt mir wirklich sehr gut, Tante Becky«, beantwortete er ihre Frage, ohne sie anzusehen.

»Das freut mich zu hören.«

Ein paar Tage später kam Noemi nicht mehr zur Schule und einen weiteren Tag danach erfuhr die Klasse von Rektor Harrington, dass sie ermordet worden sei.

Gregory hatte auf den leeren Stuhl neben sich geschaut und sich nichts sehnlicher gewünscht, als Noemi auf ein Eis eingeladen zu haben, als sie noch lebte. Jetzt war es zu spät, dennoch nahm er sich vor, sie nie zu vergessen. An diesem Abend hatte er sich in den Schlaf geweint.

Kapitel 5

Der Ort Hayward, in dem Gregory bei seiner Tante lebte, sollte nicht zur Ruhe kommen. Wenige Tage nach dem grausamen Mord an der kleinen Noemi erstach ihr Bruder zwei ältere Jungs von der Schule, weil er sie für das Verbrechen verantwortlich machte. Zur gleichen Zeit entschied ein Gericht aus Appleton, dass Tante Becky das alleinige Sorgerecht für Gregory erhielt, da sein Dad darauf verzichtet hatte.

Er hatte seit dem Tod seiner Frau ein einziges Mal mit seinem Sohn telefoniert und ihm mitgeteilt, dass es so das Beste sei.

Gregory hatte leise in den Hörer geweint, sodass es sein Vater nicht mitbekam. »Darf ich dich nie mehr sehen, Dad?«, hatte er gefragt.

»Irgendwann vielleicht, mein Junge. Irgendwann. Aber im Moment bleibst du bei Tante Becky. Ich werde ihr regelmäßig Geld schicken, damit es dir an nichts mangelt.«

»Warum, Dad?«

»Glaub mir, es ist besser so.« Und damit war das Gespräch beendet. Dad hatte sich noch verabschiedet und ihm für die Zukunft alles Gute gewünscht.

»Du wirst es hier gut haben, Greggi«, sagte Tante Becky noch am selben Abend.

»Hat Dad dir gesagt, warum er mich nicht mehr haben will?«, wollte Gregory wissen. Sie saßen gemeinsam am Esstisch.

»Er sagte, er würde das gesundheitlich nicht schaffen.«

Gregory nickte und trank seinen Tee.

***

Tante Becky sollte recht behalten. Gregory lebte sich schnell in Hayward ein und bereits nach ein paar Monaten war es, als hätte er nie woanders gelebt. Er hatte Freunde, mit denen er sich nach den Hausaufgaben traf, er schrieb gute Noten, wofür Tante Becky ihn stets überschwänglich lobte, auch wenn es mal nur ein C war, das er nach Hause brachte. Gregorys Kindheit und Jugend verlief so, wie man es einem Jungen nur wünschen konnte, wäre da nicht der verhängnisvolle Tag im Sommer – zwei Jahre später – gewesen, an dem Gregory das Schicksal von seiner grausamsten Seite kennenlernen sollte.

Einen Tag zuvor prangte im *Haywarder Tagesblatt* die Headline: ›Frauenleiche in Springbrook gefunden. Polizei vermutet berüchtigten Axtmörder hinter der Tat‹.

»Jesus, Maria und Josef!«, rief Benjamin Collins, Gregorys bester Schulfreund, aufgeregt. Er hatte die Zeitung seines Vaters mit zur Schule gebracht und den Artikel unter dem großen Baum auf dem Schulhof – zwei Jahre zuvor waren hier die beiden Jungs von Noemis Bruder ermordet worden – gelesen. Gregory saß neben ihm und starrte auf das verpixelte Bild eines Mannes, dessen Augen tief in ihren Höhlen lagen.

»Der sieht schon so aus wie ein Massenmörder«, sagte Gregory.

»Der hat fünfundzwanzig Frauen zerhackt«, antwortete Benjamin. »Alter Schwede. Hat ihnen mit ’ner Axt die Arme und Beine abgehackt.«

»So was steht da?«, fragte Gregory ungläubig.

Benjamin sah ihn an. Seine Wangen hatten eine rote Farbe angenommen. »Nee, nicht wortwörtlich, aber sie schreiben, dass man schon mehrere Torsi gefunden hat. Also muss er doch alles abgehackt haben.«

Gregory nickte, während ihm ein Schauer über den Rücken lief. Er stellte sich die armen Opfer vor, die ohne Extremitäten zuckend auf dem Rücken lagen und in dieses Gesicht mit den tief in den Höhlen liegenden Augen blickten. Bestimmt hatte der Kerl auch noch gegrinst und ihnen die blutige Axt gezeigt. Und nun hatte er nur eine Ortschaft entfernt zugeschlagen. Scheinbar hackte er sich durchs ganze Land.

»Oder?«

Gregory zuckte zusammen, als Benjamin ihn in die Wirklichkeit zurückholte. Er sah ihn fragend an.

»Er muss sie ihnen doch abgehackt haben, oder?«

»Ja«, antwortete Gregory zögernd. »Schreckliche Vorstellung.«

»Ob man danach noch lange lebt?« Benjamin blickte wieder auf den Zeitungsausschnitt, als könne er darin etwas sehen, was seine Frage beantwortete.

»Bestimmt nicht lange«, sagte Gregory. »Man verblutet doch.«

»Ja, das ist klar. Aber wie lange dauert so was?«

Wieder dachte Gregory an die zuckenden Körper und das grinsende Gesicht des Axtmörders. »Ich habe in Sherwood mal bei einem Bauern gesehen, wie ein Schwein geschlachtet wurde«, sagte er. »Das hat noch verdammt lange gezappelt, obwohl die ihm direkt den Hals aufgestochen haben. Das Blut ist nur so rausgespritzt.«

»Hm«, gab Benjamin von sich. Wahrscheinlich befriedigte ihn die Antwort noch nicht. »Was ist, wenn der hier nach Hayward kommt?«, fragte er nach einer Weile. »Springbrook liegt keine fünfzehn Meilen von hier entfernt.«

Gregory sah ihn an. »Ich kann mir nicht vorstellen, dass er zweimal so dicht beieinander zuschlägt. Der weiß doch, dass die Polizei gewarnt ist.«

Er wollte nicht weiter darüber nachdenken, aber Benjamin ließ nicht locker: »Stell dir vor, die finden hier 'ne Leiche ohne Arme und Beine. Vielleicht sogar die von Ms. Cramer.« Besagte Dame war Benjamins und Gregorys Geschichtslehrerin und stand kurz vor der Pensionierung. »Kannst du dir die Alte nackt vorstellen? So ohne …«

»Jetzt lass den Scheiß!«, fauchte Gregory ihn an. Er spürte, wie sich ein Kloß in seinem Hals breitmachte, der einen Würgereiz erzeugte. Irgendwie hatte er gerade ein seltsames Gefühl, das er sich nicht erklären konnte. Seine Vorstellungen wirkten viel zu real.

Er sah die anderen Kinder, die scheinbar planlos über den Schulhof wuselten. Die meisten von ihnen kannte er; einige der Älteren allerdings nur vom Sehen. Sie alle wirkten unschuldig, viele lachten. Plötzlich entdeckte er eine große, dünne Gestalt zwischen ihnen, deren Augen tief in den Höhlen lagen. Sie sah zu ihm herüber und als sie ihn entdeckte, legte sich ein breites Grinsen auf ihr Gesicht. »Ich werde dich besuchen«, formte sie mit den Lippen.

Gregory zuckte so heftig zusammen, dass Benjamin ihn fragend und besorgt ansah. »Was hast du?«

Gregory schüttelte den Kopf. Er spürte seinen Herzschlag an der Seite des Halses. Sämtliche Härchen an seinem Körper hatten sich aufgestellt, als wäre er von einem Stromfeld umgeben. Da waren die Kinder, lachend. Einige liefen herum, versuchten, sich gegenseitig zu fangen. Sonst nichts. Der Mann war verschwunden. Kein Axtmörder weit und breit.

»Stimmt was nicht mit dir?«, fragte Benjamin noch einmal. Auch er folgte Gregorys Blick, konnte aber nichts entdecken, was den besorgten Gesichtsausdruck seines Freundes gerechtfertigt hätte.

»Ich dachte, ich hätte jemanden gesehen.« Gregory rieb sich schnell über die Augen und blinzelte. Was, wenn Ben recht hatte und sich der Mörder hier herumtrieb? Was, wenn er Tante Becky etwas antat?

Du meinst, wenn er ihr Arme und Beine abhackt und sie zuckend verbluten lässt?

Denk nicht weiter drüber nach, ermahnte er sich. Dennoch konnte er die Gedanken nicht loswerden. Er stand auf und sagte: »Lass uns reingehen!« Dann machte er sich auf den Weg zum Eingang, ohne eine Antwort seines Freundes abzuwarten.

Er hörte, dass Ben ihm etwas hinterherrief, aber das war ihm egal. Er musste weg von diesem Platz. Weg von diesen Gedanken. Etwas Böses stand bevor, das spürte er mit jeder Faser seines Körpers. Er konnte nicht erklären, wie er darauf kam, aber er spürte es so deutlich in sich, dass er keine Zweifel hatte. Und das Schlimmste daran war, dass er nicht wusste, wie es zu verhindern war.

Kapitel 6

Am nächsten Morgen fasste Gregory einen Entschluss. Er würde heute nicht in die Schule gehen. Das ungute Gefühl, das gestern Besitz von ihm ergriffen hatte, war nicht ganz verschwunden, aber zumindest ein bisschen schwächer geworden. Er hatte die halbe Nacht wach gelegen und sich von einer Seite auf die andere gedreht, bis sich schließlich das Böse ein Stück zurückgezogen und seinen Platz mit der Vernunft getauscht hatte.

Gregory würde den Tag über im Bett verbringen und versuchen, den verlorenen Schlaf nachzuholen. Als Tante Becky sein Zimmer betrat, um ihn wie jeden Morgen zu wecken, setzte er einen mitleiderregenden Blick auf. Er hustete, was dazu führte, dass sich Tante Beckys Miene, der seinen anpasste.

»Geht es dir nicht gut, Greggi?«, fragte sie besorgt und setzte sich auf die Bettkante. Ihre langen Finger strichen über seine Stirn. »Fieber hast du keines.«

»Ich fühle mich schrecklich, Tante Becky.«

Noch einmal strich sie über seine Stirn und lächelte. »So schrecklich, dass du nicht zur Schule kannst?«

Gregory spürte, dass sie ihn ertappt hatte. Tante Becky hatte ein beneidenswertes Gespür für Menschen. Sie wusste, ob jemand log oder die Wahrheit sprach. Er senkte den Blick.

Sie sah ihn lange an. »Kann ich dich denn allein lassen?«

»Ja, natürlich.«

»Dann ruh dich heute aus. Aber du rufst am Nachmittag den jungen Collins an und fragst ihn nach den Hausaufgaben.« Seine Tante sprach nie jemanden mit dem Vornamen an; daran hatte Gregory sich inzwischen gewöhnt.

»Das mach ich, Tante Becky. Vielen Dank.« Gregory hätte heulen können, so froh war er darüber, dass sie ihn verstand, ohne etwas zu hinterfragen.

»Ich melde dich für heute in der Schule krank. Dann fahre ich zur Arbeit.« Sie gab ihm einen Kuss auf die Wange und stand auf. »Das Frühstück steht auf dem Tisch. Du solltest trotzdem etwas essen. Und heute Abend können wir über das reden, was dich bedrückt. Selbstverständlich nur, wenn du es möchtest.«

Gregory nickte dankbar. Zu diesem Zeitpunkt wusste er noch nicht, dass es dazu nicht mehr kommen würde.

***

Nach dem Frühstück, das er im Bett zu sich genommen hatte – Tante Becky hatte Pancakes gemacht, die er dick mit Butter und Honig bestrichen hatte – war Gregory wieder eingeschlafen. Sein Schlaf war traumlos und tief, dennoch wachte er erschrocken auf, als ein Geräusch aus dem Erdgeschoss zu ihm heraufdrang.

Er setzte sich aufrecht hin und lauschte, ob weitere Laute folgten. Definitiv war es keine Tür gewesen, die zugeschlagen worden war. Ihm war nicht klar, warum er sich diesbezüglich so sicher war, aber er war es. *Es hat mehr nach …* Gregory runzelte die Stirn. *Ja, es war Glas. Zersplitterndes Glas. Definitiv nichts anderes. Ob eine Vase auf den Boden gefallen ist?*

Die Küchentür, die in den Garten führt, hat ein Glasfenster, durchfuhr es ihn. Augenblicklich entstand wieder dieses elektrische Gefühl auf seiner Haut, das bereits gestern auf dem Schulhof seinen Körper in Alarmbereitschaft versetzt hatte.

»Was ist, wenn der hier nach Hayward kommt?«, hörte er plötzlich Benjamins Stimme. Es war, als säße er direkt neben ihm und würde ihm ins Ohr flüstern. *»Der Axtmörder befindet sich in Hayward! Und er hat Ms. Cramer, die Geschichtslehrerin, zerhackt! Und jetzt ist er auf dem Weg zu dir, um dich ebenfalls von allen länglichen Gliedmaßen zu befreien, Gregory!«*

Gregory spürte einen Druck auf der Blase und presste die Hände in den Schritt. Was sollte er denn nun machen? Eine Träne kitzelte seine Wange.

Vielleicht war es nur Tante Becky, die ihren Haustürschlüssel vergessen hatte. Ja, genau, sie hatte vergeblich geklopft, aber da er tief und fest geschlafen hatte, hatte er nichts gehört, woraufhin sie zur hinteren Tür gegangen war und notgedrungen die Scheibe eingeschlagen hatte, um den Riegel zurückzuschieben, der die Tür versperrte.

»Stell dir vor, die finden hier 'ne Leiche ohne Arme und Beine. Vielleicht sogar die von Ms. Cramer. Oder sogar deine, Gregory!«

Bennys Stimme wollte nicht aus seinem Kopf verschwinden.

Unten fiel etwas um. Ein heiseres Husten folgte. Draußen ertönte das Heulen einer Polizeisirene, das schnell lauter wurde. Der Wagen jagte am Haus vorbei und das rettende Geräusch entfernte sich ebenso rasch, wie es gekommen war.

Sie waren auf der Suche nach ihm. Der Axtmörder hielt sich tatsächlich in Hayward auf! Und noch schlimmer: Er war hier im Haus! Zusammen mit einem zehnjährigen Jungen, der sich vor Angst fast in die Hose pinkelte.

In einem Film würde er nun auf die Zimmertür zustürzen und einen Stuhl unter die Klinke oder einen Schrank davorschieben. Ja, im Film ging so etwas. Der Held konnte in Sekundenschnelle logische Gedanken fassen und diese in die Tat umsetzen.

Dummerweise sah die Realität anders aus, was Gregory gerade schmerzhaft feststellen musste. Er konnte sich nämlich überhaupt nicht bewegen. Sein Körper war eine aus Stein gemeißelte, starre Skulptur. Lediglich seine Blase erhöhte mit jedem Herzschlag ihren Druck.

Piss dir bloß nicht in die Hose wie ein Baby, ermahnte er sich. Gleichzeitig war ihm aber auch klar, dass es nicht das Geringste nutzen würde, sollte er hören, wie der Axtmörder über die Treppe in den ersten Stock zu ihm hochkäme.

Er sah sich im Zimmer um. Auf dem Sideboard, das unweit der Tür an der Wand stand, waren Actionfiguren – Gregory besaß alle *Masters of the Universe* – aufgereiht und entschlossen, sich jedem Bösen entgegenzustellen. Doch galt das auch für einen Axtmörder auf der Flucht?

Gregory überlegte, das Board vor die Tür zu schieben, wenn er sich bewegen konnte. Vorsichtig, als würde er sonst zerbrechen, versuchte er, mit den Zehen zu wackeln. Ein kurzes Glücksgefühl stieg in ihm auf, als es ihm tatsächlich gelang. Er nahm die Hände aus seinem Schoß und wollte gerade vom Bett steigen, als er das Quietschen der Treppenstufen vernahm.

Jetzt liefen nicht nur Tränen, sondern auch Rotz über sein Gesicht. Gregory weinte lautlos. So fühlte es sich also an, wenn man den Tod vor Augen hatte. Ob Ma ebenfalls dieses Gefühl gehabt hatte, als ihr Wagen von der Straße abgekommen und den Abhang hinuntergestürzt war? Man sagte doch, dass die letzten Sekunden vor dem Tod wie in Zeitlupe vergingen. Zumindest berichteten das diejenigen, die das überlebt hatten.

Gregory hingegen fand nicht, dass die Zeit langsam dahintrottete. Ganz im Gegenteil. Er hörte bereits, dass der Axtmörder die letzte Treppenstufe überwunden hatte und sich nun Gregorys Zimmer näherte. Jeden Augenblick würde er die Tür aufreißen, die Axt über den Kopf schwingen und auf Gregorys Arme und Beine herabsausen lassen, während He-Man und sein Gefolge schweigend und unbeweglich dabei zuschauen würden. *Ob es sehr wehtun wird?*

Los! Versteck dich unter dem Bett! Er weiß nicht, dass jemand hier ist.

Als hätte eine gewaltige Explosion den Stein, aus dem sein Körper bestand, in winzige Stücke gerissen, ging ein Ruck durch Gregorys Körper. Er schleuderte die Decke von sich, sprang auf den Boden – die Dielenbretter kamen ihm vor, als bestünden sie aus purem Eis – und kroch unter das Bett. Er hatte gerade seine Beine in Deckung gebracht, als er das Knarzen des Türgriffs hörte. Gregory hielt den Atem an und presste die Augenlider fest zusammen.

Die Tür wurde aufgeschoben.

Gregory spürte, wie seine Lunge brannte und sog so leise wie möglich die Luft ein. Sie war staubig und kitzelte in der Nase. *Bitte jetzt nicht niesen!* Er versuchte, sich auf die Geräusche zu konzentrieren, doch so sehr er sich auch anstrengte, er konnte nichts hören. Ob der Eindringling wusste, dass Gregory unter dem Bett lag? Aber woher?

Na, weil das halbe Frühstück noch auf deinem Nachttisch steht, du Trottel!

Scheiße! Das hatte er vergessen. Warum sollte ein Kind im Bett frühstücken, wenn es danach zur Schule ging? Der einzige Grund war doch, sofern es sich nicht um ein Wochenende oder um Ferien handelte, dass besagtes Kind krank war. Und das bedeutete, dass es sich im Haus aufhielt.

Als hätte der Einbrecher seine Gedanken gelesen, hörte Gregory ein unterdrücktes Kichern. Es klang, als müsse sich jemand arg zusammenreißen, um nicht laut loszuprusten.

Gregory öffnete die Augen. Unter ihm war der staubige Holzboden. In den Ritzen zwischen den Brettern entdeckte er undefinierbare Krümel. An einigen Stellen hatten seine herabgetropften Tränen winzige Seen gebildet, die den Staub in kleine Klumpen verwandelt hatten.

Abermals durchdrang das glucksende Kichern den Raum. Vermutlich amüsierte sich der Kerl über das zitternde Häufchen Elend, das da versuchte, sich vor ihm zu verstecken. Vor ihm und seiner gnadenlosen Axt.

Gregory hob den Kopf. Er konnte durch die offen stehende Tür bis hinaus in den Flur blicken. Durch irgendein Fenster wurde ein schmaler Sonnenstrahl, in dem Staubpartikel tanzten, auf den Korridor geworfen. Wahrscheinlich stand die Tür zum Badezimmer offen. Die befürchteten Beine des Axtmörders hingegen konnte Gregory nicht sehen.

Er steht neben dem Bett!

Dieser Tatsache wurde Gregory sich bewusst, als das Bett über seinem Körper verschwand. Mit einem dröhnenden Poltern wurde es zur Seite geschleudert. Das Gestell schwankte kurz und schlug dann gegen den Schreibtisch.

»Kuckuck!«, ertönte eine Stimme.

Schreiend wirbelte Gregory herum und da stand er. Groß, in einen langen, dünnen Mantel gehüllt, sah er aus wie ein Cowboy in einem Western, der auf der staubigen

Straße dem Sheriff gegenüberstand, um sich mit ihm zu duellieren. Die tief in den Höhlen liegenden Augen blitzten diabolisch. Das Grinsen des Mannes war breit und zeigte eine Reihe gepflegter weißer Zähne. Speichel lief ihm über das unrasierte Kinn und tropfte auf das Revers des Mantels. Er sah jünger aus als auf dem Zeitungsfoto.

»Wer versteckt sich denn da?«, kicherte der Typ.

Bevor Gregory nach vorn hechtete, sah er, dass der Mann seinen Mantel öffnete. Er trug eine zerschlissene Jeans, auf der getrocknete Blutflecke zu sehen waren. Sein Oberkörper war frei und mit alten Narben und frischen Kratzern übersät. In einer Halterung am Gürtel hing eine Axt, die der Kerl hervorzog. Sein Grinsen wurde breiter und entblößte beinahe alle Zähne.

Gregory sah die Tür auf sich zukommen. Für ihn war es, als würde sie sich in der Tat in seine Richtung bewegen, obwohl er wusste, dass er es war, der auf allen vieren auf sie zukrabbelte. Er versuchte, sich dabei aufzurichten, rutschte aber aus und schlug auf die Seite.

Der Axtmörder hielt unterdessen die Waffe in einer Hand und deutete damit in Gregorys Richtung. »Warum läufst du denn weg?«, rief er enttäuscht. Mit zwei Schritten kam er auf Gregory zu, der versuchte, wieder auf die Beine zu kommen, während der Mann inzwischen direkt neben ihm stand und das Unterfangen beobachtete.

Auf allen vieren erreichte Gregory den Korridor. Er konnte sehen, wie sein Atem die tanzenden Staubkörner im Sonnenlicht verscheuchte. Wie ein Schwarm winziger

Fische stoben sie auseinander und verschwanden im Schatten des Flurs. Im selben Moment wurde sein Fuß weggetreten und Gregory schlug mit dem Gesicht auf den Holzboden. Seine Zähne bohrten sich in die Zunge, sodass sich sein Mund augenblicklich mit warmem Blut füllte. Der Schmerz trieb ihm die Tränen in die Augen. Der Axtmörder kicherte. Dann bohrte sich mit einem gewaltigen Krachen die tödliche Schneide unmittelbar neben Gregory in den Holzboden.

Gregory wusste, dass es kein Zufall war, dass ihn das Teil verfehlt hatte. Der Kerl spielte bloß mit ihm. *Die Katze und die Maus*, durchfuhr es ihn. Gregory nutzte die Gelegenheit, weiter über den Flur zu hechten. Er hörte, wie der Axtmörder versuchte, sein Werkzeug aus dem Boden zu befreien. Dabei keuchte er einmal kurz.

Gregory gelang es, auf seine Füße zu springen und zur Treppe zu rennen. Das Kichern hinter seinem Rücken erstarb für einen Moment und wurde durch ein kurzes Fluchen ersetzt. Wahrscheinlich steckte die Axt doch tiefer im Holz, als der Typ beabsichtigt hatte. Ein Hoffnungsschimmer keimte in Gregory auf, als er die Treppe erreichte und noch im Besitz sämtlicher Extremitäten war. Er sah sich nicht um – das hätte zu viel Zeit gekostet –, sondern griff stattdessen nach dem Geländer und nahm gleich mehrere Stufen auf einmal. Die letzten vier nahm er mit einem Satz. Er brüllte um Hilfe, als er auf die Haustür zustürmte.

Kurz vernahm er das schnelle auf- und abschwellende Surren, das davon zeugte, dass da etwas auf ihn zuflog, dann wurde er mit einem Ruck gegen die Tür geschleudert.

Er fiel und sah, dass der Türgriff unerreichbar geworden war. In diesem Moment setzte ein Schmerz ein, der sich anfühlte, als würde sein Bein explodieren. Gregory konnte nicht mal schreien, weil er plötzlich nicht mehr wusste, wie man überhaupt atmete. Da war nur noch dieser Schmerz.

Er sah den Mörder die Treppe heruntertänzeln, dabei die Axt schwingend. Sein offener Mantel flatterte wie das Cape eines Superhelden. Nein, eher wie das eines Superschurken. Helden waren nicht in Sicht.

Gregory warf einen Blick auf sein Bein. Die Klinge der Axt steckte zur Hälfte in seinem Oberschenkel, der Stiel ragte nach oben wie der Fahnenmast eines sinkenden Piratenschiffs. Jetzt konnte er endlich schreien.

Pfeifend näherte sich der Axtmörder, stellte einen seiner Stiefel auf Gregorys Bein – unmittelbar auf den Knöchel über dem Fuß –, umfasste den Stiel der Axt und befreite sie mit einer kurzen Bewegung aus dem Knochen, während Gregory sich die Seele aus dem Leib kreischte.

Verzweifelt versuchte er, vor dem Unausweichlichen davonzukriechen. Eine breite Blutspur folgte ihm und drang in die Ritzen zwischen den Holzdielen. Warum kam ihm niemand zur Hilfe? Irgendjemand musste seine Schreie hören. Aber es würde niemand kommen, das war so sicher wie das Amen in der Kirche. Schließlich hatte sich Gregory selbst in diese Lage gebracht, weil er auf die dumme Idee gekommen war, den heutigen Tag nicht in der Schule zu verbringen. Dort, zwischen all seinen Freunden, die er nun nie mehr wiedersehen würde. Er spürte, wie die Kraft in seinen Armen nachließ, die seinen Körper immer langsamer in Richtung Küche zogen. Inzwischen konnte er sogar die eingeschlagene Scheibe sehen. Die Scherben darunter funkelten wie winzige Diamanten. Gregory hatte noch nie echte Diamanten gesehen, aber genau so stellte er sie sich vor. Es sah wunderschön aus.

Aus dem Augenwinkel heraus sah er, wie der Axtmörder neben ihm herging. Die blutverschmierte Axt ließ er dabei sanft über den Boden schleifen. Er pfiff wieder. Dann sah Gregory, wie er stehen blieb und einen sicheren Stand suchte. Die Axt verschwand aus seinem Blickfeld.

Gregory sammelte die letzte Kraft, die sich noch irgendwo in ihm befand und zog sich in die Küche. Er keuchte, wimmerte. Der Schmerz in seinem Bein hatte inzwischen seinen gesamten Körper eingenommen. Ein Dämon, der ihn mit seinen glühenden Armen umschlang, um das Leben Stück für Stück aus ihm herauszureißen.

Gregory hörte, wie die Axt wieder in den Boden einschlug, dann ein freudiges, kreischendes Lachen, gefolgt von einem: »Oha! Das nenne ich einen Schlag!«

Für einen kurzen Moment konnte Gregory plötzlich schneller robben. War er leichter geworden? Das Lachen des Mannes wurde zu einem Crescendo des Wahnsinns. Gregory merkte, wie sich sein Blickfeld verengte. Eine unbändige Müdigkeit ergriff Besitz von ihm und er wünschte sich nichts sehnlicher, als die Augen zu schließen und zu schlafen.

»Sieh mal, was ich hier habe.« Nun klang die Stimme beinahe lieblich. Sanft, so wie Dad immer zu ihm gesprochen hatte, wenn sie gemeinsam auf dem See waren, um zu angeln. Um diese Ruhe zu genießen. Diese unendliche Ruhe.

Gregory drehte den Kopf und sah den Mann, der ihm mit seinem abgetrennten Bein zuwinkte. Er lächelte freundlich und befreite die Axt aus dem Boden. Dann kam er grinsend auf ihn zu.

Als er sich vor Gregory hockte, war das Bein genau vor seinem Gesicht. Gregory konnte den Knochen zwischen dem roten Fleisch erkennen.

»Heute ist dein Glückstag«, sagte der Wahnsinnige in ruhigem Ton. »Da draußen hat dich einer verdammt lieb.«

Dann stand er auf und Gregory schloss die Augen. Er spürte, wie alles um ihn herum langsam wegdriftete. Wie ein im Zeitraffer austrocknender See. Er lächelte, denn es war ein schönes Gefühl.

Endlich Ruhe.

Kapitel 7

Mit vierzehn hatte Gregory seine erste feste Freundin, Hannah Purefoy. Er dachte zwar noch ab und zu an die kleine Noemi, doch konnte er sich nicht mehr an ihr Gesicht erinnern. Das Mädchen war zu einer verblassten Erinnerung geworden, die bald ganz verschwunden sein würde.

Tante Becky freute sich über die Bekanntschaft mit *der jungen Purefoy*, und sie hatte niemals etwas dagegen gehabt, dass sich die beiden in Gregorys Zimmer aufhielten. Als einbeiniger Krüppel hatte man nicht die besten Chancen bei den Frauen, was wohl auch Tante Becky wusste. ›Nimm einfach alles, was du kriegen kannst, Greggi‹, sagten ihre Blicke, was aber auch durchaus eine Fehlinterpretation Gregorys sein konnte.

Seit jenem verhängnisvollen Tag vor vier Jahren – Gregory konnte sich an nichts mehr erinnern, außer dass er im Krankenhaus aufgewacht war und ihm ein Bein fehlte – war aus dem einst lebenslustigen Jungen ein zynischer und stets nachdenklicher junger Mann geworden. Ja, er hatte die Begegnung mit dem irren Axtmörder überlebt.

Tante Becky hatte sich an jenem Morgen nicht gut gefühlt beim Gedanken, ihren Neffen allein mit seinen Problemen gelassen zu haben. Sie hatte Mr. Hickock, ihren Chef, gefragt, ob sie Überstunden abbummeln dürfe. Und da gerade nicht so viel Betrieb im Laden war, als dass er es mit den übrigen Angestellten nicht allein hätte bewältigen können, hatte er dem Wunsch seiner Lieblingsmitarbeiterin entsprochen.

Diese hatte sich sofort auf den Weg nach Hause gemacht und als sie mit dem Wagen die Einfahrt zur Garage hochfuhr, hörte sie bereits die Schreie ihres Neffen. Das hatte sie später bei der Polizei ausgesagt. »Schon als ich den Motor abstellte, hörte ich diese entsetzlichen Schreie, Clark.«

Clark Hendrickson war der zuständige Wachhabende an diesem Tag gewesen. Er hatte sich gerade mit dem Dienstwagen nur zwei Straßen entfernt befunden, als der Notruf von der Zentrale über Funk durchgegeben wurde. Tante Becky war nämlich nicht planlos auf ihr Haus zugerannt, sondern hatte den alten Colonel Harper, der das Nebengrundstück bewohnte und gerade seinen Rasen harkte, damit beauftragt, die Polizei anzurufen.

»Sag ihnen, es ist ein Notfall!«, hatte sie den alten Mann angebrüllt, da dieser so gut wie taub war und sich weigerte, ein Hörgerät zu tragen. »Mein Neffe ist in Gefahr!«

Sie war zurück zu ihrem Wagen gestürmt – o ja, sie konnte mit ihren ein Meter achtzig Körpergröße schneller rennen, als man es einer Frau in ihrem Alter zugetraut hätte –, hatte die Beifahrertür aufgerissen und die .22 Smith & Wesson, Model 351PD, aus dem Handschuhfach geholt, die dort für den Fall der Fälle lag. Tante Becky fürchtete sich vor nichts mehr, als dass jemand sie aus dem Wagen zerren würde, während sie an einer Ampel oder einem Stoppschild wartete.

Sie war zur Haustür gelaufen – die Waffe vor ihre kaum vorhandene Brust gepresst – und hatte gelauscht. In Stresssituationen reagierte sie stets besonnen und um diese Eigenschaft war sie von ihrer Schwester und auch ihren Arbeitskollegen immer beneidet worden. »Die verdammten Russen könnten hier einmarschieren und unsere Becky kocht sich noch gemütlich ’ne Tasse Kaffee, die sie dann seelenruhig genießt«, hatte Mr. Hickock einmal gesagt.

Die Schreie ihres Neffen waren inzwischen verstummt. Becky hatte in diesem Moment inständig gehofft, dass ihr Greggi nur einen Albtraum gehabt und deshalb geschrien hatte. Auch das hatte sie später zu Protokoll gegeben.

Dann hatte sie dieses ›gruselige Kichern‹, gefolgt von einem ›schwachsinnigen Lachen‹ gehört und sofort gewusst, dass es kein Albtraum war, der Greggi aus dem Schlaf gerissen hatte. Sie hatte den Hahn ihrer Waffe gespannt und leise die Tür aufgeschlossen. Ebenso leise war sie daraufhin in den Flur getreten, hatte das ganze Blut entdeckt und den Mann, der in ihrer Küche stand. Zu seinen Füßen hatte ihr Neffe gelegen. Blutüberströmt.

Dass der Irre ihm bereits ein Bein abgehackt hatte, hatte sie erst später bemerkt. Sie hatte kurzerhand die Waffe auf den Typen gerichtet und abgedrückt. Insgesamt siebenmal, bis die Trommel leer war.

Becky konnte schießen, ja, verdammt noch mal, das war etwas, auf das ihr Vater seinerzeit viel Wert gelegt hatte. Seine Töchter sollten in der Lage sein, jedem, der sich ihnen unsittlich näherte, die Eier wegzuschießen. Er hatte so lange mit ihnen geübt, bis sie auf einem Balken aufgereihte Haselnüsse aus einer Entfernung von zehn Metern treffen konnten.

Dennoch war der Scheißkerl entkommen. Becky gab später zu Protokoll, dass er sich in Luft aufgelöst haben musste. Anders konnte sie sich nicht erklären, dass all ihre Kugeln lediglich die Kücheneinrichtung zerstört hatten.

Auf jeden Fall hatte sie ihren Neffen vor Schlimmerem bewahrt – obwohl das, was ihm widerfahren war, mehr als erschreckend war.

Officer Clark Hendrickson, der wenig später am Tatort eintraf, hatte Becky gefunden, die gerade dabei war, ihrem Neffen die Stelle, an dem der Irre ihm das Bein abgetrennt hatte, mit einem Küchentuch abzubinden.

»Wir brauchen einen Krankenwagen, Clark!«, hatte sie zu ihm rübergerufen.

Hendrickson hatte über Funk einen beordert und später erfahren, dass der arme McLane-Junge eine Begegnung mit dem flüchtigen Serienkiller Fred Simpson gehabt hatte, dem berüchtigten Axtmörder. Der kranke Psychopath hatte das abgetrennte Bein des Jungen wohl als Trophäe mitgenommen, denn es war nicht auffindbar.

Obwohl alle das Schlimmste befürchteten, was Gregorys psychische Verfassung anbelangte, hatte er sich schnell erholt. Alles, was an diesem Tag passiert war, war für ihn derart fremd, als wäre es nicht ihm selbst, sondern irgendjemandem am anderen Ende der Welt widerfahren.

Als er zwei Monate später wieder die Schule besuchen konnte – noch konnte er keine Prothese tragen, was er nicht schlimm fand, da das Ding höllisch an seinem Stumpf schmerzte –, wurde er auf dem Schulhof mit tosendem Applaus begrüßt.

Gregory hatte die Kinder angelächelt und war mit seinen beiden Krücken an ihnen vorbeigehumpelt. Warum sie ihm applaudierten, konnte er sich nicht erklären. Benjamin, sein bester Freund, erzählte ihm später, dass man ihn feierte, weil er die Begegnung mit einem der gefährlichsten Serienmörder nach Rodney Alcala, David Berkowitz und Ted Bundy überlebt hatte. Tante Becky wurde sogar nach Madison eingeladen und dort vom Bürgermeister und einer ganzen Delegation hochrangiger Politiker aufgrund ihrer Tapferkeit zur Ehrenbürgerin ernannt. Ihr selbst war das *»so was von schnurzpiepegal«*, wie sie Gregory später immer wieder erzählte, denn die Hauptsache war doch einzig und allein, dass er – Greggi – überlebt hatte.

Noch Jahre später ärgerte sie sich darüber, dass sie den Kerl nicht erwischt hatte. Sie dachte sogar einmal tatsächlich darüber nach, ob es sich um einen Geist oder um ein außerirdisches Wesen gehandelt hatte, denn anders konnte sie sich seine schnelle Reaktion nicht erklären. Hätte sie ihrem Dad – Gott sei seiner Seele gnädig –

erzählt, dass sie siebenmal auf einen Mann geschossen hatte, ohne ihn ein einziges Mal zu treffen, hätte er sich für seine Tochter geschämt.

»Manchmal wünsche ich mir, ich wäre eher nach Hause gekommen oder erst gar nicht weggefahren«, hatte sie zu Gregory am Krankenhausbett gesagt und dabei leise geweint.

»Es ist nicht deine Schuld, Tante Becky«, hatte Gregory versucht, sie zu trösten.

»Hätte ich doch nicht noch dem alten Colonel gesagt, er solle die Polizei rufen und wäre sofort ins Haus gegangen. Vermutlich hättest du dein Bein dann noch.«

Da Gregory sich an rein gar nichts mehr erinnern konnte, was an diesem Morgen passiert war, konnte er auch nicht sagen, ob Tante Becky mit ihrer Aussage recht hatte. Aber es war nun mal geschehen und daran ließ sich nichts ändern. Er würde eben für den Rest seines Lebens nur noch ein Bein haben. Punkt!

»Ach, Greggi. Ich werde immer für dich da sein. Das verspreche ich dir hiermit hoch und heilig.«

Gregory hatte gelächelt, obwohl er gespürt hatte, dass die Schmerzmittel allmählich nachließen und gesagt: »Solange du nicht neben mir stehst, wenn ich auf dem Klo sitze …«

Das hatte Tante Becky zum Schmunzeln gebracht. Sie hatte ihr Taschentuch herausgeholt und wie ein Elefant hineingetrötet.

Tante Becky hatte Wort gehalten. Sie hatte Mr. Hickock gesagt, dass sie nur noch vormittags arbeiten würde, und zwar erst dann, wenn ihr Neffe wieder zur Schule gehen konnte. Mr. Hickock war damit einverstanden gewesen und hatte sogar ihren Stundenlohn erhöht, damit die finanziellen Einbußen nicht zu groß waren. Und somit konnten selbst die schlimmsten Katastrophen einen Funken Menschlichkeit hervorlocken.

Gut vier Jahre später, während Gregory nun mit seiner Freundin Hannah Purefoy auf dem Bett in seinem Zimmer saß und sich die neueste CD von Pink Floyd anhörte, dachte er daran, wie froh er war, Tante Becky zu haben. Sie erlaubte ihnen sogar, die Tür zu schließen.

Gregory hatte da von seinen Freunden schon andere Dinge gehört. Deren Eltern, sofern sie Besuche des anderen Geschlechts überhaupt erlaubten, kamen ständig mit irgendwelchen Ausreden ins Zimmer oder die Tür musste offen bleiben.

Tante Becky war aufgeschlossener, was das anbelangte. Als Gregory Hannah das erste Mal mit nach Hause brachte, hatte sie das Mädchen enthusiastisch begrüßt. Sie hatte zuvor einen Kuchen gebacken und als sie mit den beiden Teenagern am Tisch saß, hatte sie ganz sachlich über Liebe, ersten Sex und Verhütung gesprochen. Sie hatte ihrem feuerroten Neffen und seiner Freundin das Versprechen abgenommen, niemals ungeschützten Geschlechtsverkehr zu haben. Eigentlich wäre ein solches Gespräch für jeden Jugendlichen derart peinlich gewesen, dass er am liebsten im Erdboden versunken wäre, aber Tante Becky hatte geschafft, dass die freundliche Atmosphäre nicht unter dem Gespräch litt. Wäre da nicht Gregorys hochroter Kopf gewesen, hätte nichts auf irgendetwas Beschämendes hingedeutet.

Tante Becky sprach sogar ein paar Tage später mit Hannahs Eltern, die sich ebenfalls vom Vertrauen der großen Lady anstecken ließen. Man könne es eh nicht verhindern, vertrat Mrs. Purefoy ihren Standpunkt. Wenn die Kinder es wollten, dann würden sie schon einen Platz finden. Hannahs Vater war da hingegen anderer Meinung, ließ sich aber von seiner Frau nach einem langen Gespräch beruhigen. Neben Hannah hatten die Purefoys noch drei weitere Töchter. »Du wirst dich dran gewöhnen müssen«, sagte seine Frau. »Als Vater von Mädchen muss man da durch.« Sie lachte schallend und klopfte ihrem Mann auf die Schulter.

»Hätte ich bloß Söhne gezeugt«, brummte Mr. Purefoy, stand auf und holte sich ein Bier aus dem Kühlschrank.

»Noch ist es nicht zu spät«, sagte seine Frau, die ihm hinterhergekommen war und die Hand auf seinen Po legte.

Mr. Purefoy lächelte und zehn Minuten später hatten sie das, was Gregory und Hannah in zwei Monaten ebenfalls haben würden.

Teil 3 – Wiedersehen

Kapitel 1

Gregory legte den Stift beiseite und blickte auf die handbeschriebenen Blätter, die inzwischen einen beachtlichen Stapel auf seinem Schreibtisch ergaben. Leise klopfte es an der Zimmertür und Hannah trat kurz darauf ein. Sie stellte sich hinter seinen Stuhl und massierte ihm die Schultern.

»Kommst du nicht weiter?«, fragte sie.

Gregory wusste, dass sie nicht von seinen Memoiren sprach, an denen er seit einigen Wochen arbeitete. Eigentlich war es auch nur eine Art Tagebuch, das er rückblickend schreiben wollte, weil ihn die Vergangenheit in letzter Zeit oft einholte und nicht in Ruhe ließ.

Nein, Hannah sprach von dem anderen Stapel, der unangetastet auf dem Holzstuhl neben dem Schreibtisch lag. Es waren die Deutsch-Arbeiten seiner Klasse, die er bereits vor vier Tagen hatte schreiben lassen. Gregory arbeitete als Lehrer für Deutsch und Philosophie an der Hayward Junior High.

Er lehnte den Kopf zurück und blickte seine Frau von unten an. Sie lächelte. »Du hast noch nicht angefangen, stimmts?«

»Ich kann mich nicht aufraffen«, sagte er. Es sollte nach einer Entschuldigung klingen, tat es aber nicht. »Vielleicht bin ich noch zu jung für Memoiren. Sie lenken mich nur ab.« Er lachte.

»Du bist fast vierunddreißig, alter Mann.«

Gregory kniff ihr in die Seiten und sie zuckte quiekend zusammen.

»Es sind zu viele Lücken, die ich einfach nicht füllen kann«, sagte er. Dem war tatsächlich so. Ständig taten sich Fragen auf, die ihm wie ein unbarmherziger Mückenschwarm durch den Kopf schwirrten.

»Ruf ihn doch einfach mal an«, sagte Hannah. Gregory wusste, dass sie seinen Vater meinte.

»Ich habe Angst, dass er bereits tot ist.«

»Glaub mir, das hättest du erfahren. Schließlich bist du nicht verschollen.«

Er nickte. »Er hat mich in all den Jahren nicht ein einziges Mal angerufen. Bei unserem letzten Gespräch war ich acht.«

Hannah sagte nichts, denn sie wusste, wie sehr es ihm an die Nieren ging, nie wieder etwas von seinem Vater gehört zu haben. Anfangs hatte er noch versucht, ihn telefonisch zu erreichen, war aber von der Haushälterin, dieser Meredith, ständig abgewimmelt worden. Zurückgemeldet hatte sich sein Vater nie. Irgendwann hatte es Gregory dann aufgegeben.

»Ich habe ihm jedes Jahr Karten geschrieben«, fuhr Gregory fort. »Immer zu seinem Geburtstag und zu Weihnachten. Aber nie kam etwas von ihm. Als er damals sagte, er wolle keinen Kontakt mehr, dachte ich noch, dass es wegen Mums Tod sei und er einfach nur ein wenig

Zeit für sich brauchen würde. Inzwischen sind fast fünfundzwanzig Jahre vergangen.«

»Komm mit runter und ruf ihn an«, sagte Hannah.

»Jetzt?«

»Ja, jetzt.«

»Es ist gleich neun.«

»Dann ist die Chance größer, dass du ihn erwischst.«

Gregory wusste, dass Hannah recht hatte. Er musste seinen Erzeuger anrufen. Er musste mit ihm sprechen und endlich erfahren, was damals zwischen seinen Eltern vorgefallen war.

Er ließ sich von seiner Frau hochziehen, umarmte sie und gab ihr einen Kuss. Er nahm seine Krücke, die am Schreibtisch lehnte, und stützte sich darauf. Die meiste Zeit versuchte er, ohne Prothese zu laufen. Selbst nach zwanzig Jahren empfand er das Ding als ein fremdartiges Anhängsel, das nicht zu seinem Körper gehörte. Hannah konnte das Ganze zwar nicht nachvollziehen – schließlich ermöglichte ihm die moderne Technologie, sich so zu bewegen, als hätte er nie ein Bein verloren –, aber sie hatte seinen Standpunkt akzeptiert. Vermutlich nicht zuletzt, da sie wusste, dass es sich nicht lohnte, mit ihrem Mann über bestimmte Dinge zu diskutieren.

Als sie ihn nun ansah, verspürte er augenblicklich wieder dieses verliebte Kribbeln in seinem Bauch, das seit ihrer ersten Begegnung vor sechzehn Jahren nicht abgenommen hatte. Ganz im Gegenteil. Hannah war wie ein Teil von ihm geworden. Ein Teil, ohne den er nicht mehr leben konnte. Einmal hatte er zu ihr gesagt, dass sie sein fehlendes Bein sei. Es sollte ein Spaß sein, aber sie hatte es nicht lustig gefunden.

»Stell dir vor«, hatte sie mit ernster Miene erwidert, »es kommt noch mal so ein irrer Typ und hackt mir einfach was ab.« In dem Moment hatte er gemerkt, dass sie es doch lustig gefunden hatte, und sie hatten sich lachend umarmt, wobei er sein Gleichgewicht verloren hatte und sie beide rücklings auf den Boden gefallen waren, wo sie sich dann hemmungslos geliebt hatten.

Hätte man sie beobachtet, wenn sie gemeinsam draußen Hand in Hand flanierten, manchmal dabei kichernd wie Teenager, dann hätte man geschworen, dass sie sich erst vor Kurzem kennengelernt und noch Schmetterlinge im Bauch hatten. Letzteres war tatsächlich so. Zwar nicht mehr so häufig wie zu Beginn ihrer Beziehung, aber es gab immer wieder Momente, wo diese Dinger hemmungslos in ihren Bäuchen herumwuselten.

Bis auf winzige, harmlose Meinungsverschiedenheiten, die man an einer Hand abzählen konnte, hatten Hannah und er sich in ihrer gesamten Beziehung nie gestritten.

Hannah arbeitete als Grundschullehrerin in der hiesigen Elementary School und Gregory und sie galten überall als das Dream-Team von Hayward. Die Schüler hatten nach anfänglichen Tuscheleien, wenn die beiden auf dem Schulhof standen und sich umarmten, ihre Liebe akzeptiert und viele versuchten sogar, sich ein Beispiel an ihnen zu nehmen, was aber in den seltensten Fällen gelang.

Gregory und Hannah wussten, dass sie beziehungstechnisch eine Ausnahme darstellten, auf die sie mächtig stolz waren.

Jetzt, auf dem Weg nach unten, nahm er einen süßlichen Geruch wahr. »Du hast Waffeln gebacken?«, fragte er erstaunt. »Um diese Uhrzeit?«

»Die gibt es erst, wenn du deinen Anruf getätigt hast.«

Gregory schnaufte. Ihm war alles andere als wohl in seiner Haut. Wie oft hatte er sich vorgenommen, Dad wieder anzurufen? Einhundertmal? Tausend? Er hätte es nicht mit Bestimmtheit sagen können, aber er wusste, dass es stets nur beim Vorsatz geblieben war. Schließlich wollte Dad keinen Kontakt, denn sonst hätte er ja auf eine der Karten antworten können. Und irgendwann hatte Gregory es dann akzeptiert.

Und was ist, wenn er wirklich schon lange tot ist?

Zumindest bestand die Möglichkeit. Ob das auch der Grund war, warum Gregory die Anrufe immer wieder hinausgeschoben hatte? Wie würde er sich fühlen, wenn er die Wahrheit erfuhr?

Hannah reichte ihm das Festnetztelefon und lächelte. »Oder möchtest du das Handy nehmen?«

Für einen kurzen Moment war Gregory verdutzt, weil er sich nicht mehr an den Weg ins Erdgeschoss erinnern konnte. Er nahm das Telefon entgegen. »Darf ich dein Arbeitszimmer benutzen?«, fragte er. Er hatte das Bedürfnis, bei der bevorstehenden Aufgabe allein zu sein.

»Klar doch«, antwortete Hannah. In ihren Augen konnte er sehen, dass sie wusste, wie schwer ihm dieser Schritt fiel. Aber sie hatte ja recht. Wenn er jemals mit der Vergangenheit abschließen wollte, dann war ein Gespräch unumgänglich. Und wenn Gregory es jetzt nicht tat, würden wieder Tage oder Wochen oder gar Jahre ins Land gehen, bevor er überhaupt den nächsten Versuch in Erwägung ziehen würde.

»Ich warte mit den Waffeln auf dich.« Hannah küsste ihn und kniff ihm in den Po.

»Ich könnte sonst auch morgen …«

Sie machte ein böses Gesicht, was dennoch äußerst süß aussah.

»Ich geh ja schon«, brummte Gregory.

***

Er und Hannah saßen am Küchentisch und genossen die frisch gebackenen Waffeln. Es war inzwischen kurz vor zweiundzwanzig Uhr.

Das Telefongespräch hatte nicht lange gedauert, Gregory hatte es mit Meredith, der Haushälterin geführt. Wie es schien, arbeitete sie noch für Dad.

»Und sie wollte dich tatsächlich auch anrufen?«, wollte Hannah wissen.

»Ja, angeblich direkt morgen Früh. Sie hat es ebenfalls seit Wochen vor sich hergeschoben.«

»Vielleicht hat sie es auch nur behauptet.«

»Das kann ich nicht sagen.« Er schob sich eine Waffel in den Mund. »Auf jeden Fall geht es Dad nicht gut.«

»Es ging ihm doch noch nie gut, hast du gesagt.«

»Das stimmt. Schon damals hatte er was mit seiner Lunge. Obwohl er nie geraucht hat. Ist scheinbar was Angeborenes. Aber jetzt ist es besonders schlimm.«

»Du meinst, er könnte sterben?« Hannah sah ihn ernst an.

»Das hat sie nicht wortwörtlich gesagt. Nur dass es ihm sehr schlecht geht. Aber das Gespräch war sowieso irgendwie surreal.«

»Wie meinst du das?«

»Na ja, dafür, dass wir über zwanzig Jahre nicht miteinander gesprochen haben. Es war nichts Herzliches in ihrer Stimme. Ich hatte das Gefühl, mit einer Toten zu sprechen. Also, nicht wirklich tot.« Gregory schob sich gedankenverloren ein weiteres Stück Waffel in den Mund.

»Du meinst emotionslos«, half ihm Hannah.

»Nein, nicht nur. Es war fast, als käme ihre Stimme von einem Tonband, verstehst du? So, als wäre sie ein gut programmierter Service-Bot, dem man ein Anliegen schildert. Ich frage mich, ob Meredith überhaupt sicher war, dass ich es war, mit dem sie sprach.«

»Und was hast du nun vor?«

»Ich habe ihr gesagt, dass ich Freitag losfahre.«

Hannah nickte.

»Ich weiß nicht, ob sie mich überhaupt reinlässt. Sie sagte nämlich, dass es nicht nötig sei. Sie hatte mir nur Bescheid geben wollen.«

»Sag ihr einfach, dass du deinen Vater sehen willst. Sie darf es dir schließlich nicht verbieten.«

Gregory senkte den Kopf. Als er nicht weitersprach, legte Hannah ihre Hände auf die seinen. Er sah sie an und sagte: »Ich habe Angst, dass er mich nicht mehr kennt. Womöglich hat er seinerzeit nicht nur seine Frau, sondern auch seinen Sohn begraben.«

»Das findest du nur heraus, wenn du mit ihm sprichst.«

»Ich könnte morgen noch einmal anrufen, um mit ihm persönlich zu sprechen.«

»Das könntest du machen.« Hannah sah ihn ernst an. »Oder du schwingst dich Freitagfrüh in den Wagen und fährst übers Wochenende in deine alte Heimat.«

»Würdest du mich begleiten?«

»Ich lasse dich ungern allein fahren, aber ich denke, das musst du mit deinem Vater unter vier Augen klären.« Hannah verstärkte ihren Griff um seine Hände.

Gregory wusste, dass sie recht hatte. Hannah und er lösten zwar für gewöhnlich sämtliche Probleme gemeinsam, doch ihm war klar, dass dies allein seine Baustelle war. Eine Baustelle, die er schon viel zu lange mit sich herumtrug und die endlich fertiggestellt werden musste. Diese immer wieder auftretenden Träume von Mutters und seiner übereilten Abreise ließen ihn nicht mehr los. Ständig war da dieser See. In seinen Albträumen war er ein schwarzer Tümpel, aus dem Nebelarme heraustraten und nach ihm griffen. Und jedes Mal, wenn sie kurz davor waren, ihn in die unendliche Tiefe zu ziehen, wachte er schweißgebadet und mit rasendem Herzschlag auf. Ja, er musste definitiv diese Baustelle fertigstellen. Er musste herausfinden, was damals vorgefallen war und warum sein Vater seinen achtjährigen Sohn aus seinem Leben gestrichen hatte. Und nach Möglichkeit wollte er diese Gründe von ihm selbst erfahren, solange es noch ging.

»Kannst du die Arbeiten, die ich nicht schaffe, für mich korrigieren?«, fragte er. »Das meiste ist Multiple Choice.«

Jetzt grinste Hannah breit. »Du würdest tatsächlich alles tun, um dich davor zu drücken, habe ich recht?«

Gregory lachte, stand auf und ging auf seine Frau zu. Er zog sie zu sich heran und küsste sie.

»Ich würde mich erkenntlich zeigen«, hauchte er ihr ins Ohr.

***

Sie lagen aneinandergeschmiegt da und ließen den Schweiß ihres Liebesspiels auf der Haut trocknen.

»Soll ich dir etwas verraten?«, flüsterte Hannah in sein Ohr.

»Du meinst, dass es keinen Besseren gibt als mich?«

»Blödmann.« Sie kniff ihn in die Seite.

Gregory nahm sie in den Arm und küsste sie auf die Stirn. »Verrat es mir.«

Hannah schloss die Augen und tat so, als würde sie intensiv nachdenken. »Ach, vielleicht mach ich es doch nicht«, sagte sie grinsend.

Gregory machte ein wütendes Gesicht. Er schnaufte wie ein wild gewordener Stier und begann damit, seine Frau zu kitzeln. Die erwiderte den Angriff, weil sie wusste, dass Gregory noch kitzliger war als sie.

»Ich ergebe mich!«, keuchte er lachend und mit Tränen in den Augen.

»Du weißt, du hast keine Chance gegen mich.« Gemeinsam lachten sie noch eine Weile und hielten sich dabei eng umschlungen im Arm.

»Erzähl es mir endlich«, bat Gregory. »Du kannst mich nicht heißmachen und dann kneifen.«

Sie ließ ihn los und setzte sich hin. Ihr Lächeln war atemberaubend, fand Gregory. Er war unendlich glücklich und wünschte sich, jeden Moment mit ihr festhalten zu können.

Hannah räusperte sich. »Okay, du Liebe meines Lebens.«

Gregory lachte. »Ich wische den Schmalz gleich nicht weg.«

Abermals kniff sie ihn in die Seite. »Bleiben Sie ernst, Mr. McLane.«

Nun setzte auch er sich hin und sah ihr direkt in die Augen. »Ich bin der Ernst in Person.«

»Okay, dann unterbrich mich nicht.«

Er machte eine Bewegung, als würde er seine Lippen mit einem Reißverschluss verschließen.

Hannah atmete einmal kräftig aus. »Wir werden bald zu dritt sein.«

»Du bist schwanger?«

Ihr Lächeln nahm ihr gesamtes Gesicht ein. »Freust du dich?«

»Ob ich mich freue?« Gregory spürte seinen Herzschlag. Schnell nahm er Hannah in den Arm. »Mein Gott, ich kann es nicht fassen. Natürlich freue ich mich.« Er küsste sie. »Seit wann weißt du es?«

»Vor ein paar Tagen habe ich einen Test gemacht, der positiv ausfiel. Heute nach der Schule war ich beim Arzt. Ich bin in der neunten Woche.«

Gregory umfasste ihre Wangen. »Ich kann es noch gar nicht fassen. Wie fühlst du dich denn damit?«

»Ich freue mich riesig. Wir werden eine Familie, Greg.«

Er drückte sie vorsichtig zurück auf die Kissen und legte sein Ohr auf ihren Bauch.

Hannah lachte. »Du wirst weder was hören noch etwas fühlen.«

»Pssst!«

Sie spürte, wie er mit den Fingerspitzen sanft über ihren Bauch strich. Dann sagte er leise: »Ja, klar.« – »Nein, das musst du nicht.« – »Sie ist okay. Ich kenne sie schon sehr lange.« – »Du hättest es nicht besser treffen können.«

Er blickte auf und grinste. »Sie hat sich etwas Sorgen gemacht, aber ich habe sie beruhigt.«

»Sie?«

»Ihre Stimme klang weiblich«, sagte er.

Hannah zog ihn zu sich heran und küsste ihn. »Ich könnte mir keinen besseren Mann wünschen.«

Gregory schwieg einen Moment und wirkte nachdenklich.

»Was ist los?«, fragte Hannah.

»Ich habe gerade beschlossen, Freitag nicht zu fahren. Ich werde dich mit dem Kind nicht allein lassen.«

Sie lachte laut auf. »Natürlich fährst du. Es ist ein guter Zeitpunkt, um mit der Vergangenheit aufzuräumen. Und solange du nicht erst zurückkommst, wenn sie zur Schule geht, ist alles gut.«

Gregory lächelte, aber es war nicht echt. Hannahs scherzhafte Befürchtung machte ihm Angst. Er fühlte sich nicht wohl bei dem Gedanken an den Besuch bei seinem Vater. Aber vielleicht hatte Hannah ja recht. Vielleicht war es wirklich ein guter Zeitpunkt.

»Wollen wir es Tante Becky erzählen?«, fragte er und schüttelte die trüben Gedanken ab.

»Noch nicht«, antwortete Hannah. »Wie gesagt, es ist erst die neunte Woche. Aber du kannst sie trotzdem für morgen Nachmittag einladen, wenn du magst.«

Tante Becky wohnte noch in ihrem alten Haus. Es befand sich nur ein paar Straßen entfernt und die alte Dame freute sich stets, wenn sie ihre ›beiden Lieblinge‹ besuchen konnte.

»Ich werde Kuchen besorgen«, sagte Gregory. »Wir werden heimlich unsere neue Familie feiern. Geben wir ihr eigentlich schon einen Namen?«

***

Am Tag darauf dauerte es ganze fünf Minuten, in denen sie gemeinsam mit Tante Becky am Tisch saßen, bis diese stutzig wurde.

»Du strahlst dermaßen, dass es schon ansteckend ist«, sagte sie zu Hannah. »Und wenn ich mir Greggi so anschaue, dann sieht es bei ihm nicht anders aus. Was ist passiert? Bist du schwanger?«

Hannah und Gregory sahen sich fassungslos an. »Ist es so offensichtlich?«, lachte Hannah. Sofort wurden ihre Augen glasig.

Während die beiden Frauen sich umarmten und Tante Becky überschwängliche Glückwünsche kundtat, saß Gregory an seinem Platz und stocherte in seinem Stück Kuchen herum. Wenn er aufblickte, lächelte er pflichtbewusst.

Andauernd musste er an das bevorstehende Treffen mit Dad denken. Seit er von Hannahs Schwangerschaft wusste, entstand jedes Mal dieses unbeschreiblich seltsame Gefühl in seinem Inneren. Auch jetzt, als er die beiden beobachtete, ihre Freude sah und hörte, wie sie gemeinsame Einkäufe planten – Tante Becky würde den

Kinderwagen kaufen –, war es da. Tief in ihm drin lauerte es. Bedrohlich.

»Was ist los, Greggi?« Tante Becky kam auf ihn zu und umarmte ihn. »Du siehst plötzlich so bedrückt aus.«

»Alles gut, Tante Becky«, sagte er lächelnd.

»Er fährt am Freitag rüber nach Sherwood«, sagte Hannah.

Becky setzte sich auf den Stuhl neben ihm. »Ist etwas mit deinem Vater passiert?«

»Nein«, antwortete Gregory. »Na ja, es soll ihm nicht gut gehen, laut Meredith, aber das ist ja nichts Neues. Ich möchte einfach erfahren, was seinerzeit vorgefallen ist. Ständig denke ich darüber nach. Es lässt mir keine Ruhe. Und jetzt zwingt mich Hannah hinzufahren.«

Hannah ließ sich auf ihren Stuhl fallen. »Einer muss es ja tun. Sonst jammerst du unser Kind später ständig voll.«

»Soll ich dich begleiten?«, fragte Tante Becky. »Ich könnte das Grab meiner Schwester besuchen.«

»Das ist nett«, sagte Gregory. »Aber ich würde es gern allein machen. Wer weiß, wie ich empfangen werde.«

Tante Becky schnaufte. »Ich möchte keinen Unmut schüren, aber wenn ich deinen Vater richtig einschätze, wird sich die Wiedersehensfreude im Rahmen halten.«

»Das befürchte ich auch«, sagte Gregory. »Und deshalb werde ich allein fahren. Selbstverständlich werde ich euch danach alles haarklein berichten.«

Tante Becky zog sich ihren Teller herüber. »Ich bin mir nicht sicher, ob ich es wissen möchte.«

Der weitere Nachmittag verlief ungezwungen. Als Tante Becky gegen Abend den Heimweg antrat, hatte sich das seltsame Gefühl in Gregory fast gänzlich verflüchtigt. Doch wenn es zurückkommen würde, würde es nicht nur lauern. Es würde hervorspringen und sich in Gregorys gesamtem Körper ausbreiten.

Kapitel 2

Für einen Freitagnachmittag Mitte September war es verhältnismäßig kühl. Gregory zog seine Jacke enger zusammen und ließ die Hände in den Taschen verschwinden.

Der Himmel war wolkenverhangen und sorgte dafür, dass die übersichtliche Anzahl der Grabsteine keinerlei Schatten warf; alles war in ein einheitliches Grau getaucht. Hin und wieder stieß eine Krähe ihren charismatischen Schrei aus, so lange, bis eine andere antwortete, dann herrschte wieder kurzfristig Stille. Gregory hatte das Gefühl, als wollte ihn der Ort davor warnen, zu lange hier zu verweilen.

Du solltest in dein Auto steigen und schleunigst von hier verschwinden, Greg! Fahr zurück nach Hayward und lebe dein langweiliges Dasein weiter; wie du es die letzten zweieinhalb Jahrzehnte getan hast!

Gregory ignorierte die Warnung in seinem Inneren, sah sich um und studierte die Inschriften der umstehenden Grabsteine. Allerdings konnte er keinen entdecken, der den Namen seiner Mutter zeigte. Das gesuchte Grab war definitiv nicht vorhanden, obwohl es sich laut Tante Becky in genau dieser Parzelle befinden musste. »Da steht eine alte Eiche in unmittelbarer Nähe«, hatte sie hinzugefügt. Die Eiche war da, gewaltig und ehrfurchtgebietend, und sie blickte auf den Mann herab, der dort suchend zu ihren Füßen stand.

Gregory hatte sich vorgenommen, zunächst das Grab seiner Mutter zu besuchen, bevor er sich zum Haus seines Vaters aufmachte. Vielleicht wollte er das Unvermeidliche auch noch ein Weilchen hinauszögern. Vom Friedhof waren es zehn Autominuten bis zur Villa, die er vor einer Ewigkeit zum letzten Mal gesehen hatte. Genauso wie die sich darin befindlichen Bewohner.

»Hättest du jetzt ein Handy, wie jeder pflichtbewusste Mensch, dann könntest du bei Becky nachfragen«, hörte er Hannahs Stimme in seinem Kopf und schmunzelte. Gregory war tatsächlich einer der Wenigen, die sich diesbezüglich der technischen Entwicklung verschlossen. Ihm war der Gedanke zuwider, überall und jederzeit erreichbar zu sein. Außerdem wollte er seinem Gesprächspartner in die Augen sehen und nicht seine Emotionen mit Smileys kundtun, die so aussagekräftig wie ein Stück Käse waren.

Hannah hatte ihm vor zwei Jahren zu Weihnachten ein nagelneues Smartphone geschenkt. Die genaue Bezeichnung wusste Gregory bereits einen Tag später nicht mehr, weil es ihn nicht interessierte. »Ich weiß ja, wie du dazu stehst«, hatte sie gesagt, »aber vielleicht kann ich dich doch ein wenig überzeugen. Und wenn nicht, dann schenkst du es Becky und begnügst dich stattdessen mit einem Kuss von mir.« Sie hatte gelacht und Gregory hatte den Kuss seiner Frau genossen und das Handy am nächsten Tag originalverpackt Tante Becky geschenkt.

Er ging den schmalen Schotterweg weiter zur nächsten Parzelle und sah sich die anderen Inschriften an. Nichts!

Verschwinde lieber!

Gregory konnte sich nicht erklären, was dieses plötzliche, ungute Gefühl in ihm verursachte. Es war wie das, das er auch vor zwei Tagen am Tisch mit Tante Becky gehabt hatte. Und auch da hatte er den Grund nicht gefunden. *Mensch, du bist kein kleines Kind mehr, schalt er sich. Also reiß dich zusammen!*

Ja, er befand sich schließlich nur auf einem gewöhnlichen Friedhof, auf dem nichts Gruseliges war. Keine verfallenen, mit Moos überzogenen Grabsteine aus dem vorigen Jahrhundert. Keine Mausoleen, hinter deren Türen die Skelette versehentlich Beigesetzter lagen, die sich die Finger bis auf die Knochen an der undurchdringlichen Steinwand abgekratzt hatten, um zu entkommen. So zumindest hatte sich Gregory die steinernen Grabkammern als Kind vorgestellt, wenn er gemeinsam mit Tante Becky den Haywarder Friedhof besuchte, wo sie das Grab einer verstorbenen Freundin pflegte.

Er wollte sich gerade auf den Weg zum Wagen machen – vermutlich hatte Tante Becky sich bezüglich der Parzelle geirrt –, als er auf einem Parallelweg einen Mann sah, der eine Schubkarre vor sich herschob, auf der mehrere Gartenwerkzeuge lagen. Gregory ging auf ihn zu.

»Entschuldigen Sie, bitte«, rief er und sah, wie der Mann zusammenzuckte. »Ich wollte Sie nicht erschrecken«, sagte Gregory schnell, als er ihn erreicht hatte. Das alte Gesicht, das ihn ansah, war so grau wie die gesamte Friedhofsumgebung. Selbst die schmalen Lippen wiesen keinen nennenswerten Farbunterschied im Vergleich zur restlichen Haut auf. »Ich suche ein bestimmtes Grab. Kennen Sie sich hier aus?« Gregory lächelte freundlich.

Der Alte deutete mit dem Kopf auf Gregorys Bein. »Unfall?«, krächzte er.

Gregory war überrascht, denn für gewöhnlich war nicht zu erkennen, dass er eine Prothese trug. Die mittels eines Mikrochips gesteuerten Dinger führten jede Beinbewegung exakt aus. Dennoch hatte Gregory stets eine Krücke im Kofferraum; für die Zeit, wenn er sich endlich wieder von dem Fremdkörper befreien konnte.

»Ja, so ähnlich. Ist passiert, als ich ein Kind war.«

Der Alte nickte, als wüsste er genau, was Gregory meinte. »Wen such'n se denn?« Seine Aussprache war so sämig wie zu lange gekochter Brei.

»Ich suche das Grab meiner Mutter. Ihr Name ist Eleonora McLane. Sie wurde aber von allen nur Elli genannt«, fügte er nachdenklich hinzu.

»Der Name sacht mir nix. Wann isse denn gestorben?« Der Mann kramte eine zerknüllte Zigarettenschachtel aus der Brusttasche seines Hemdes und hielt sie Gregory entgegen.

»Nein danke.« Gregory nannte ihm das Datum, an dem seine Mutter beerdigt worden war.

»Das is' ja ewich her.« Er blies den Rauch in Gregorys Richtung, der es höflich ignorierte. Der Alte schien es selbst nicht gemerkt zu haben. »Da war ich noch nich' hier. Bin erst vor fünf Jah'n her'kommen.« Er zog Rotz in der Nase hoch, spie ihn neben sich auf den Boden und drückte den Schleim mit dem Schuh in den Schotter. »Wenn se kurz mitkomm'n – muss die Sachen hier inn'en Schuppen bring'n – dann könn'n wir im Büro gucken. Wird ja alles aufgeschrieb'n.«

Gregory lächelte. »Das wäre sehr nett.«

Das ›Büro‹ der Friedhofsverwaltung glich mehr einer Abstellkammer für Ordner aus einer scheinbar jahrhundertealten Epoche. Der Schreibtisch passte gerade so in den winzigen Raum, dessen Wände mit Regalen zugestellt waren. Der Papierkorb quoll über. Gregory erkannte, dass sich nicht nur Papier darin befand, sondern auch benutzte Kaffeefilter, die stellenweise Schimmel angesetzt hatten. Eine Heizung schien es nicht zu geben, zumindest war sie nicht angestellt. Warum auch? Es war Ende Hochsommer. Hier drin war es so kalt wie in einer Gruft. Gregory spürte, wie sich bei dem Gedanken seine Haut zusammenzog. Ganz besonders in der Leistengegend.

Der Alte – er hatte sich inzwischen als Arthur Bellings vorgestellt, der hier seit fünf Jahren die Bereiche zwischen den Gräbern und die Gehwege pflegte – quetschte sich zwischen Regal und Schreibtisch hindurch. An der hinteren Wand befanden sich mehrere Aktenschränke, von denen er nun einen öffnete, kurz suchte und dann eine Mappe hervorholte, die er auf den Schreibtisch legte, nachdem er die dort verteilten Papiere mit dem Unterarm beiseitegeschoben hatte.

Er setzte sich auf den Stuhl und schlug die Mappe auf. Gregory erkannte, dass es sich um handgeschriebene Aufzeichnungen in Tabellenform handelte.

Bellings fuhr mit dem Finger über die winzigen Zeilen, dann stoppte er und grinste Gregory an. »Sach ich doch. Hier kommt nix wech.« Er wandte sich wieder dem Geschriebenen zu. »Eleonora McLane. Bestattet am 26. Februar 1993, Parzelle 1403 …« Der Alte stockte, als müsse er sich vergewissern, was dort stand. Wieder sah er Gregory an, doch diesmal lachte er nicht.

»Was ist denn?«, fragte Gregory und verspürte abermals dieses undefinierbare Gefühl in seinem Inneren.

»Zwei Tage nach'a Beerdigung fand eine Exhumierung statt. Hier, kuck'n se. Hier stehts.« Arthur Bellings drehte die Mappe herum, sodass Gregory hineinsehen konnte.

›Exhumierung gemäß Antrag des Ehemannes‹, stand dort in fein säuberlicher Schrift.

Gregory sah auf. »Was hat das zu bedeuten?«

Bellings klappte die Mappe zu. »Na ja, ihr Mann hat se verleg'n lass'n.«

»Und wohin?« Gregory hatte einen Kloß im Hals. Warum sollte Dad Mas Leichnam wegbringen lassen?

»Keine Ahnung. So was steht hier nich'«, sagte der Alte. Er stellte die Mappe zurück in den Schrank und verschloss diesen mit einem metallischen Knall. »Müss'n se Ihr'n Vater selbst frag'n. «

Gregory nickte. Ja, das würde er tun. Das würde er ganz bestimmt tun!

Kapitel 3

Inzwischen hatte der Regen eingesetzt. Gregory blickte durch die Windschutzscheibe auf den See. Es regnete bei Weitem nicht so wie in jener Nacht vor knapp fünfundzwanzig Jahren, als er zum letzten Mal hier gewesen war, aber es kam schon nahe ran.

Scheinbar regnet es in diesem Ort immer; egal zu welcher Jahreszeit, dachte Gregory. Er überlegte, ob es zu seiner Kindheit tatsächlich so gewesen war. Nein, definitiv nicht. Die Tage, die er mit Dad auf dem See verbracht hatte, waren sonnig und warm gewesen.

Doch als er sich das letzte Mal hier aufgehalten hatte, da hatte es ebenfalls geregnet. Damals, als Mum noch lebte. Damals, als er noch beide Beine hatte, mit denen er durch eine strömende Wasserwand auf ein Auto zulief, das Mum ein paar Tage später in den Tod reißen würde.

Gregory betätigte den Scheibenwischer und betrachtete den See, der in seiner unendlich scheinenden Weite noch größer wirkte, als er ihn in Erinnerung hatte. Kurz tauchte ein Boot in der Mitte auf. Ein kleiner Junge saß darin. Sein Vater warf etwas in den See, sodass es spritzte. Gregory rieb sich die Augen und das Boot war verschwunden. Lediglich ein Erinnerungsfetzen, der schnell wie ein Traum verblasste.

Gregory zog den Schlüssel aus dem Zündschloss und stieg aus.

Die einst imposante Villa, die Dad von seinen Eltern geerbt hatte, war heruntergekommen und ähnelte einem Geisterhaus, wie es in den Comics vorkam, die er als Kind gelesen hatte. Dort hatte immer eine schemenhafte Gestalt hinter einem der Fenster gestanden und auf die todgeweihten Besucher hinabgestarrt, die sich in unbedachter Naivität dem Gebäude näherten.

Der Kiesweg, der zu der breiten Treppe mit den Säulen auf der rechten und linken Seite führte, war von Unkraut übersät. Selbst die imposante Rasenfläche, die das Gebäude weiträumig umgab und bis hinunter zum See reichte, war schon lange nicht mehr gemäht worden. Wilder Efeu hatte von der einst weißen Hauswand Besitz ergriffen und rankte stellenweise bis zu den Dachschindeln hinauf.

Gregory entdeckte ein Bootshaus neben dem Steg, der gute zehn Meter weit in den See ragte. Es sah nicht neu aus, aber er wusste, dass es früher nicht da gewesen war. Damals war Dads Ruderboot direkt am Steg festgebunden, wo es während Stürmen – die es hier so häufig gab wie Regen – gegen die Planken schlug, sodass Gregory oft von dem Gepolter aus dem Schlaf gerissen wurde.

Mit einem Mal erinnerte er sich daran, dass er manchmal Schreie gehört hatte – zwischen dem Heulen des Windes und dem Krach, den das Boot machte, wenn es gegen den Steg schlug. Dad und Ma hatten ihm erklärt, dass es sich so anhörte, weil der Wind um die Ecken der Villa pfiff. Auch das war etwas, woran Gregory seit fünfundzwanzig Jahren nicht gedacht hatte. Wahrscheinlich sorgte seine Anwesenheit am Ort seiner Kindheit dafür, dass er sich an längst vergessene oder verdrängte Dinge erinnerte.

Plötzlich hörte er wieder einen dieser Schreie. Weit weg und kaum wahrnehmbar. Gregory lauschte, doch bis auf den Regen und den leichten Wind war kein weiteres Geräusch zu vernehmen.

Der Wind, der um die Ecken der Villa pfeift, mehr nicht. Reiß dich zusammen, Gregory McLane!

Er schüttelte den Kopf und setzte seinen Weg fort. Das Knirschen der Steine unter seinen Schuhen erschien ihm viel zu laut, als er zögerlich auf das große Gebäude zuging. Tat er wirklich das Richtige? Würde Dad sich freuen, seinen Sohn nach so langer Zeit wiederzusehen? Und was noch viel wichtiger war: Würde Gregory endlich herausfinden, was seinerzeit zwischen seinen Eltern vorgefallen war?

Er erklomm die Stufen, die zum Eingang führten. Gerade wollte er auf den Klingelknopf drücken, als die Tür einen Spaltbreit geöffnet wurde. Gregory sah das bleiche Gesicht von Meredith, der Haushälterin, die argwöhnisch herausspähte. Unter ihren Augen waren dicke Tränensäcke und sie war faltig geworden. Gregory hätte sie fast nicht wiedererkannt.

»Ja?«, kam es aus dem Spalt.

»Hallo, Meredith. Ich bin es. Gregory.«

Die Tür wurde nicht weiter geöffnet. »Können Sie sich ausweisen?«

Gregory hob die Brauen, bis ihm einfiel, dass sie ihn das letzte Mal gesehen hatte, als er ein achtjähriger Junge gewesen war. Er kramte in seiner Jackentasche nach seinem Portemonnaie und zog seinen Ausweis heraus, den er ihr entgegenstreckte. Knochige Finger, die von Arthrose gekrümmt waren, griffen danach.

Während ihr Blick zwischen dem Ausweis und Gregorys Gesicht hin und her wanderte, sagte Gregory: »Wir haben vor drei Tagen miteinander telefoniert. Du sagtest, dass es Dad nicht gut geht.«

Das Dokument wurde wieder herausgereicht. »Ich sagte auch, dass es nicht vonnöten ist, dass du herkommst.«

»Ja, das sagtest du. Dürfte ich jetzt bitte eintreten und mit meinem Vater sprechen?«

Meredith zögerte, öffnete dann aber die Tür und trat beiseite.

»Danke«, brummte Gregory, der sich darüber ärgerte, derart kühl empfangen zu werden. Er konnte sich an Zeiten erinnern, als er auf ihrem Schoß gesessen und sie ihm Geschichten aus einem dicken Märchenbuch vorgelesen hatte. Manchmal hatte sie ihn auch zu Bett gebracht, wenn Mum und Dad ›unpässlich‹ waren. So nannten sie es, wenn sie gegen Abend gemeinsam mit dem Wagen in die Stadt fuhren, um sich zu amüsieren. Letzteres wusste er von Meredith, die das mit einem Lächeln auf den

Lippen zum Besten gegeben hatte. *»Deine Eltern wollen sich einmal* amüsieren. *Da können sie unsere Anwesenheit nicht gebrauchen.«* Gregory hatte gelacht, obwohl er nicht verstand, was daran lustig war.

Ja, er hatte Meredith gemocht. Die Frau hingegen, an der vorbei er jetzt den geräumigen Saal betrat, war eine andere. Diese Meredith wirkte so verbittert und kalt, dass es einem einen Schauer über den Rücken jagte, wenn man in ihre Nähe kam.

Die Tür wurde hinter ihm geschlossen, wobei sie dasselbe kreischende Geräusch von sich gab wie beim Öffnen.

»Ein paar Tropfen Öl würden Wunder wirken«, sagte Gregory in der Hoffnung, die kalte Schicht der Haushälterin etwas aufzutauen.

»Was?«, fauchte diese hingegen nur.

»Na, die Tür. Wenn ihr wollt, kann ich sie ölen, damit sie nicht mehr so quietscht.«

»Wenn es deinen Vater stören würde, hätte er es in Auftrag gegeben.« Sprachs und ging an ihm vorbei in Richtung der breiten Treppe, die das Ende des gewaltigen Vorraums bestimmte und zum ersten Stock führte.

»Du kannst in deinem alten Zimmer bleiben. Dein Vater schläft, aber ich denke, dass er zum Abendessen aufstehen wird.«

Gregory folgte ihr. »Ich hatte nicht vor, mich lange aufzuhalten. Vielleicht könntest du mich direkt zu ihm führen.«

Ohne zu antworten, erklomm sie die Stufen und stützte sich dabei am Geländer ab. *Früher hat sie zwei Stufen auf einmal genommen*, erinnerte sich Gregory. Ihm fiel auf, dass das Haus – im Gegensatz zum maroden äußeren Zustand – hier drin nichts von seiner pompösen Präsenz verloren hatte. Ganz im Gegenteil, alles war von einer Sauberkeit erfüllt, die sogar den Marmorboden an einigen Stellen glänzen ließ.

»Machst du das hier alles sauber, Meredith?«, fragte er, als er sie auf der Treppe eingeholt hatte.

Sie sah ihn an und hob die Brauen. Und tatsächlich, ein winziges Lächeln umspielte ihre dünnen Lippen. »Schön, dass du mir so was noch zutraust, Gregory. Aber nein, das würde mein Rücken nicht mehr mitmachen. Dein Vater hat eine Reinigungsfirma damit beauftragt, hier einmal die Woche alles auf Hochglanz zu bringen. Waren erst gestern hier.«

Gregory war erstaunt. »Dad lässt tatsächlich jemand Fremdes hier rein? Es muss viel passiert sein, seit damals.«

»Wie man es nimmt«, sagte Meredith nur und stieg weiter die Treppe hinauf.

***

Sein Zimmer sah aus, als hätte er es niemals verlassen. Da standen seine He-Man-Figuren, kampfbereit neben einem Tyrannosaurus Rex, der den Kopf in Richtung Decke streckte und einen unhörbaren Schrei ausstieß.

Gregorys Bett war frisch gemacht. Auch hier schien sich die Reinigungsfirma ausgetobt zu haben; Gregory konnte nicht ein Körnchen Staub auf den Möbeln entdecken.

»Um sechs steht das Abendessen bereit. Komm kurz vorher ins Esszimmer. Ich werde für dich mit eindecken«, hatte Meredith gesagt und dann im Türrahmen hinzugefügt, dass er sich bitte solange in seinem Zimmer aufhalten solle. Gregory hatte gesagt, dass er es so machen würde. Die zum zweiten Mal gestellte Frage, ob er nicht jetzt schon mit seinem Vater sprechen könne, hatte sie ohne eine weitere Erklärung verneint. Und Gregory hatte eingesehen, dass der Versuch, sie umzustimmen, keinen Sinn gehabt hätte.

Nun blickte er aus dem Fenster – die Scheiben waren auf Hochglanz poliert –, wie er es schon als Kind getan hatte. Er sah seinen Wagen in der Auffahrt stehen und einen Teil des Sees, einschließlich des ›neuen‹ Bootshauses. Der Regen hatte inzwischen aufgehört, dennoch war der Himmel von grauen Wolken verdeckt und es sah aus, als stünde ein heftiger Schneeschauer bevor.

Gregory öffnete das Fenster und ließ die frische Luft in seine Lunge strömen. Auch wenn es hier im Haus scheinbar klinisch rein war, so empfand er die Luft irgendwie als fremdartig und erdrückend. Ja, das war der korrekte Ausdruck. Alles an diesem Anwesen erschien ihm falsch, einschließlich der Luft zum Atmen. Er hörte leises Kinderlachen und als er sich umdrehte, sah er sich selbst im Alter von sechs Jahren durch das Zimmer laufen. Ma versuchte, ihn zu fangen. Nachdem sie es geschafft hatte, fielen beide lachend aufs Bett.

Dann war sein fröhliches *Ich* aus längst vergangener Zeit verschwunden. Es hatte seinen Platz mit einem achtjährigen Gregory getauscht, der zusammengerollt und weinend auf dem Bett lag. Dad betrat den Raum. »Ich brauche deine Hilfe, Junge.«

Gregory schüttelte den Kopf. Der leichte Windzug, der durch das offene Fenster hereindrang, ließ ihn frösteln. Was waren das für seltsame Gedanken? Gregory versuchte, sich an etwas zu erinnern, doch je mehr er sich anstrengte, umso verschwommener wurden die Rückblicke. Vermutlich machte ihm die lange Autofahrt zu schaffen – und die Tatsache, dass er sich in seinem Elternhaus befand, das er vor fünfundzwanzig Jahren Hals über Kopf verlassen hatte.

Genau deshalb bist du doch hier, sagte er sich. *Du willst wissen, was damals passiert ist. Also freu dich, wenn du dich erinnerst.*

Ja, aber es waren keine guten Erinnerungen, die ihn heimsuchten, seit er nach Sherwood gekommen war. Und es waren erst recht keine guten Erinnerungen, die er hier im Haus hatte.

***

Um kurz vor sechs machte Gregory sich auf den Weg ins Esszimmer, das sich im Erdgeschoss befand. Er hatte sich zuvor aufs Bett gelegt und den Geräuschen gelauscht, die durch das offene Fenster drangen. Erinnerungsbruchstücke waren aufgetaucht, die er aber nicht hatte fassen können. Sie hatten sich langsam in sein Hirn geschlichen und jedes Mal, wenn er versuchte, über die jeweilige Situation – es waren alles Erlebnisse aus der Zeit, bevor er mit Ma das Haus verlassen hatte – nachzudenken, waren sie wie Seifenblasen zerplatzt.

Jetzt war es so weit, dass er sich auf die Gespräche mit Dad freute. Er hoffte inständig, dass dieser in einer ausreichend guten geistigen Verfassung war.

Gregory erreichte den Saal und schlug den Weg zum Esszimmer ein. Der Duft von gebratenem Fleisch drang ihm in die Nase. Wenn Meredith noch genauso gut kochte wie damals, dann freute er sich auf das Mahl. Wie zur Bestätigung gab sein Magen ein lautes Knurren von sich.

Als er wenig später das Zimmer betrat, fühlte er sich erneut in seine Kindheit zurückversetzt. Der große Esstisch, der Platz für mindestens sechzehn Personen bot – wenn man enger zusammenrückte, passten auch zwanzig dran – war für drei Personen gedeckt. Ein dampfender Topf war so drapiert, dass jeder bequem drankam. Dad saß auf seinem Platz am Kopfende und hatte ihm den Rücken zugewandt. Meredith war dabei, ihm etwas aus dem Topf auf den Teller zu füllen.

»Du kommst spät!«, wurde Gregory von ihm empfangen. »Wir beginnen pünktlich um sechs mit dem Essen. Das sollte dir noch in Erinnerung geblieben sein.«

Das war richtig. Schon damals hatte es wenige Regeln im Hause McLane gegeben – außer den Essenszeiten. Frühstück um sieben, Mittagessen um zwölf und Abendessen um sechs. Keine Minute später.

»Bitte entschuldige, Dad«, sagte Gregory und setzte sich auf den linken Platz. Sein Vater war deutlich älter geworden und auch seine Haut wirkte fahl und krank. Seine einst üppige Haarpracht war einer Glatze gewichen, die hier und da ein paar weiße Flusen aufwies. Als Gregory sich setzte, hob Henning McLane nicht den Kopf. Stattdessen begann er damit, seine Suppe zu löffeln.

»Reich mir deinen Teller, Gregory«, kam es von Meredith, die eine Kelle mit dampfender Suppe über dem Topf hielt. Gregory tat, wie ihm geheißen.

»Hallo, Dad«, sagte er und blickte auf den alten Mann, der den Kopf über seinen Teller gebeugt hatte.

»Iss!«, brummte dieser.

Gregory schüttelte innerlich den Kopf. Da sein Magen aber weiterhin lautstarke Geräusche von sich gab, begann auch er mit dem Essen. Wie erwartet schmeckte es ausgezeichnet.

»Deine Kochkünste haben nicht nachgelassen, Meredith«, sagte er deshalb.

Meredith, die ihm gegenübersaß, hob kurz den Kopf und lächelte. »Danke, Gregory.«

»Hört auf zu quatschen! Es ist Essenszeit!«

Meredith und Gregory senkten die Köpfe.

Nach dem ersten Teller freute er sich über einen Nachschlag, für den er sich mit einem lächelnden Nicken bedankte. Hannah kam ihm in den Sinn. Er hatte mit ihr abgemacht, dass er sich gegen Abend bei ihr melden würde. Ob sie seine Arbeiten schon korrigiert hatte? Würde sie ihrem gemeinsamen Kind von ihm erzählen? Dass er sich gerade weit weg an einem anderen Ort befand, um seine Vergangenheit wachzurufen?

Das Klirren eines Löffels auf Porzellan riss Gregory aus seinen Gedanken. Sein Vater schob den Teller von sich weg. »Du kannst abräumen, Meredith.«

Diese beendete sofort ihre Mahlzeit und begann damit, das Geschirr zu stapeln. Als sie den Raum verlassen hatte, blickte Henning McLane zum ersten Mal seinen Sohn an.

»Hallo, Dad«, sagte dieser noch einmal. »Du siehst gut aus.«

Der Alte verzog keine Miene. »Was willst du hier?«, fragte er lediglich.

»Ich dachte, du freust dich, dass wir uns einmal wiedersehen.«

»Das haben wir ja jetzt. Da es schon sehr spät ist, kannst du die Nacht hier verbringen. Meredith sagte, sie hätte dich in deinem alten Zimmer einquartiert.«

»Ja, das hat sie. Ich hatte gedacht, dass wir uns unterhalten können, Dad.«

Sein Vater wollte gerade etwas sagen, als ihn ein Hustenanfall übermannte, der für Gregory so klang, als würde der alte Mann jeden Augenblick ersticken. Er stand auf, ging zu seinem Vater und rieb ihm über den bebenden Rücken. »Meredith!«

Eine Tür wurde aufgestoßen und die Haushälterin stürmte herein. »Ich habe ihm gesagt, dass ich ihm das Essen auch ans Bett bringen kann.« Sie griff ihm unter die Arme und zog ihn hoch. »Aber der Herr ist ja zu stolz.«

»Kann ich dir helfen?«, fragte Gregory. Die Gesichtshaut seines Vaters nahm eine bläuliche Färbung an.

Meredith hielt den alten Körper mit einem Arm und kramte in ihrem Kittel nach einer winzigen Dose, deren Ende sie ihrem Arbeitgeber in den Mund schob. Gregory vernahm ein Zischen. Wenig später war der Hustenanfall verschwunden. Lediglich ein röchelndes Keuchen zeugte davon, dass das Familienoberhaupt noch vor wenigen Sekunden fast erstickt wäre.

»Kommen Sie, Mr. McLane. Ich bringe Sie auf Ihr Zimmer.«

Gregory stand neben dem Tisch und beobachtete die beiden, wie sie den Raum verließen. Von hinten wirkte es, als seien sie ein neunzigjähriges Paar, das eng umschlugen durch einen Park flanierte.

Ein paar Minuten später – sie mussten inzwischen den Saal durchquert haben – hörte Gregory Vaters erboste Stimme: »Was hast du dir dabei gedacht, ihn herzuholen?«

»Er hat angerufen und sich nach Ihnen erkundigt.« Merediths Stimme war ruhig, aber dennoch bestimmt. »Ich habe ihm gesagt, dass er nicht kommen muss.«

»Du hast ihn reingelassen, verdammt noch mal!« Dann das Schlagen einer Tür. Die Stimmen waren nur noch gedämpft zu hören, sodass Gregory nichts mehr verstehen konnte. Aber das brauchte er auch nicht. Er war hier mehr als unerwünscht und konnte sich immer noch nicht erklären, warum.

Er verließ das Esszimmer, durchquerte die Empfangshalle und betrat auf der gegenüberliegenden Seite das Wohnzimmer mit dem offenen Kamin, der um diese Jahreszeit nicht in Betrieb war.

Nichts hatte sich hier verändert; selbst die Möbel befanden sich noch an denselben Plätzen, an denen sie schon immer gestanden hatten. Hätte man den gesamten Raum samt Inhalt vermessen, wäre Gregory jede Wette eingegangen, dass sie nicht um einen Millimeter verschoben worden waren.

Er näherte sich dem alten Telefon mit Wählscheibe und ließ sich in den nicht minder antiken Ohrensessel fallen, der danebenstand. Nachdem er die Nummer in Hayward gewählt hatte, meldete sich Hannah bereits nach dem zweiten Tuten.

»Ich habe dich vermisst«, eröffnete sie das Gespräch.

Gregory grinste. »Woher weißt du, dass ich es bin?«

»Weil ich sonst niemanden erwarte.«

»Du bist toll. Wie geht es der Kleinen?«

Er hörte Hannah lachen. »Wenn es ein Junge wird, wird er nicht begeistert sein, dass du ihn immer als ›sie‹ bezeichnest. Aber es ist alles in Ordnung.«

»Warst du noch mal beim Doktor?«

»Liebling, ich muss da nicht jeden Tag hin«, kicherte sie.

»Ich mache mir halt Sorgen. Es ist schließlich mein erstes Kind.«

»Meines doch auch. Aber es ist alles gut.«

»Okay, ich will dir glauben. Was machen die Klausuren?«, fragte er und versuchte, seiner Stimme einen amüsierten Ton zu verleihen.

»Läuft es doof?«, erkundigte Hannah sich, ohne auf seine Frage einzugehen.

Gregory seufzte. »Das kannst du laut sagen. Eine schäbige Kakerlake wäre willkommener.«

»Konntest du denn wenigstens schon mit ihm sprechen?« Hannah klang besorgt.

»Ein Gespräch kann man es nicht nennen. Sagen wir, ich habe ihn gesehen. Er ist älter geworden, logisch, aber das Schlimmste ist, dass er ein völlig anderer Mensch zu sein scheint. Einer, den ich nicht mehr kenne und der nichts mit meinem Dad von damals zu tun hat.«

Hannah stieß hörbar die Luft aus. »Vielleicht hat er mit seinem früheren Leben abgeschlossen. Vor langer Zeit schon. Schließlich hat er seine Frau und seinen Sohn verloren.«

»Letzteres hat er so gewollt. Und ich will endlich den Grund dafür erfahren.«

»Ich verstehe dich«, sagte Hannah ruhig, »aber vielleicht musst du es einfach so hinnehmen. Hast du schon drüber nachgedacht, wie lange du bleiben wirst?«

Gregory spitzte die Lippen. Das war eine gute Frage. »Heute werde ich auf jeden Fall hier übernachten«, sagte er nach einer Weile. »Vielleicht habe ich morgen noch einmal die Gelegenheit, ihn zu einem Gespräch zu bewegen. Wenn nicht, werde ich spätestens morgen Nachmittag den Rückweg antreten. Ich vermisse dich. Und die Kleine natürlich.«

»Wir vermissen dich auch, das weißt du. Aber gib nicht zu schnell auf. Lass ihn eine Nacht drüber schlafen, notfalls auch zwei. Du hast Montag nur zwei Stunden, für die bestimmt eine Vertretung einspringen kann.«

»Um Gottes willen«, sagte er übertrieben entsetzt. »Ich bleibe doch keine drei Nächte in diesem Haus. Hier hat sich übrigens nicht das Geringste verändert. Kannst du dir vorstellen, dass ich deine Telefonnummer ›gewählt‹ habe?«

Er hörte ihr Kichern. »Ich wollte auch nur sagen, dass du ihm ein bisschen Zeit geben sollst. Schließlich habt ihr euch zwanzig Jahre nicht gesehen.«

»Fünfundzwanzig.«

»Von mir aus auch fünfundzwanzig. Du weißt, wie ich das meine.«

»Du hast ja recht. Ich warte mal den morgigen Tag ab.« Dann fiel ihm etwas ein. »Ich war übrigens auf dem Friedhof und du kannst dir nicht vorstellen, was ich dort herausgefunden habe. Dad hat Mutters Grab verlegen lassen.«

»Im Ernst? Warum? Und wohin?«

»Das ist auch eine Sache, die ich in Erfahrung bringen muss. Und dazu muss er mir eine Erklärung liefern!«

»Irgendwie bereue ich es nun doch, dass ich dich nicht begleitet habe«, seufzte sie.

Er lächelte. »Glaub mir, du willst nicht in meinem alten Kinderzimmer schlafen. Obwohl … Stehst du auf He-Man?«

Ihr Lachen erfreute ihn und sorgte dafür, dass zumindest ein Teil der Last des Tages von ihm abfiel. »Ich freue mich, dass wir uns spätestens Montag wiedersehen«, sagte sie. »Ich liebe dich nämlich und es fällt mir schwer, hier ohne dich zu sein.«

»Ich werde spätestens Sonntag zurückfahren. Wenn ich bis dahin nichts erreicht habe, dann soll es so sein.«

»Rufst du mich morgen Abend wieder an?«

»Auf jeden Fall.« Gregory machte ein schmatzendes Kussgeräusch.

»Ach«, sagte Hannah, »bevor ich das Wichtigste vergesse. Die Klausuren sind allesamt korrigiert. Guter Schnitt.«

»Das liegt am Lehrer.«

Sie verabschiedeten sich, und nachdem Gregory den Hörer aufgelegt hatte, hielt seine gute Stimmung noch eine Weile an.

Etwas später schaltete er den Fernseher – ein Röhrengerät, an das sich Gregory allerdings nicht mehr erinnern konnte – ein, und während er sich von irgendeinem langweiligen Film berieseln ließ, fragte er sich, ob er Meredith heute noch zu Gesicht bekommen würde. Doch dem war nicht so, weshalb er zwei Stunden später auf sein Zimmer ging. Eine weitere halbe Stunde später fiel er in einen tiefen Schlaf.

Kapitel 4

Er erwachte, weil die Sonne durch sein Fenster aufs Bett schien. Er war kurz desorientiert, was durch den Anblick des nach oben starrenden Dinosauriers und der kampfbereit dastehenden He-Man-Figuren schnell behoben wurde.

Gregory sah auf seine Armbanduhr und stellte erschrocken fest, dass es bereits zehn Uhr vormittags war. Er konnte sich nicht daran erinnern, wann er zum letzten Mal derart lange geschlafen hatte. Dennoch hatte er das Gefühl, lediglich zwei Stunden im Bett verbracht zu haben. Warum zum Teufel hatte man ihn nicht geweckt?

Sie wollen dich hier nicht haben, Greg! Und erst recht nicht mit dir gemeinsam an einem Tisch sitzen.

Das war zumindest eine plausible Erklärung. Er stand auf, schlurfte ins Bad und machte sich frisch.

Eine halbe Stunde später betrat er das Esszimmer und setzte sich auf den Platz, der für ihn gedeckt war.

»Guten Morgen«, erklang plötzlich eine vergleichsweise angenehme Stimme. »Ausgeschlafen?« Meredith stand im Türrahmen zur Küche und lächelte tatsächlich. »Warte, ich bringe dir das Frühstück.«

Als sie wenig später frische Brötchen und Kaffee auf den Tisch stellte, sagte Gregory: »Du hättest mich ruhig wecken dürfen, damit ich mit euch zusammen frühstücken kann.«

»Ich habe eh allein hier gesessen. Dein Vater hat im Bett gefrühstückt. Es geht ihm heute nicht gut.«

»Was hat er denn genau?«

»Ach …« Sie setzte sich ihm gegenüber und füllte sich eine Tasse mit Kaffee. »Stört es dich, wenn ich mich kurz zu dir geselle?«

»Natürlich nicht«, sagte er.

»Du weißt ja sicher noch, dass seine Lunge nie die beste war. Schon damals nicht.« Das wusste Gregory. Er konnte sich noch an Dads Keuchen erinnern, wenn sie gemeinsam auf den See gerudert waren.

»Vor knapp einem Jahr musste ihm ein Lungenflügel entfernt werden. Seitdem geht es bergab. Die Ärzte haben ihm nach der Operation maximal sechs Monate gegeben. Inzwischen sind elf vergangen.«

Gregory wollte sie fragen, warum sie sich dann nicht schon nach dem Eingriff bei ihm gemeldet hatte, doch er hielt sich zunächst zurück.

Sie hat niemals vorgehabt, dich anzurufen! Ist doch klar.

Er nickte innerlich, während er beobachtete, wie sie die Tasse zu ihren eingefallenen Lippen führte und hineinpustete. »Er versucht, sich nichts anmerken zu lassen, aber du hast ja gesehen, wie es um ihn steht.«

»Er sieht tatsächlich nicht gut aus«, erwiderte Gregory. Er wollte hinzufügen, dass es bei ihr nicht anders war, entschied sich aber auch hier, es zu lassen. »Warum hat er mich aus seinem Leben verbannt?«

Gregory sah das kurze Zucken, das die Mundwinkel der alten Haushälterin umspielte. Noch konnte er sich nicht erklären, was sie wusste, aber er ging davon aus, dass Dad ihr alles erzählt hatte. Mit wem sollte er sonst reden?

Meredith stand auf. »Vielleicht hast du ja Gelegenheit, mit ihm zu sprechen. Meist schläft er tagsüber. Gegen Abend geht es ihm etwas besser.«

»Hat er keine Ärzte, die nach ihm sehen?«

»Doch, schon. Doktor Stricker schaut einmal die Woche vorbei. Dein Vater nennt ihn einen Quacksalber, der nur auf sein Geld aus ist.«

»Dad scheint viel zu schimpfen«, sagte Gregory und sah die Frau unverhohlen an. »Früher war er nicht so. Ganz im Gegenteil. Ich habe ihn ruhig und ausgeglichen in Erinnerung.«

»Das ist lange her. Ich selbst kann mich kaum noch an diese Zeit erinnern. Freundlichkeit existiert in diesem Haus nicht mehr. Wenn du mich jetzt entschuldigst … Ich bin nicht mehr so schnell wie früher. Die Knochen machen mir zu schaffen.« Sie tapste in Richtung Küche.

»Ich werde runter zum See gehen«, sagte Gregory.

Meredith reagierte nicht und verschwand kurz darauf aus dem Zimmer.

***

Die Wolken waren verschwunden, sodass die Sonne ungehindert auf den See scheinen konnte. Seine Oberfläche glitzerte, funkelnden Edelsteinen gleich, und Gregory kniff die Augen zusammen.

Er stand vor der ungepflegten Wiese und betrachtete den Weg, der aus platt getretenen Grashalmen bestand. Hier war vor nicht allzu langer Zeit jemand hindurchgegangen. Der Breite nach zu urteilen sogar mehrere Personen.

Der Weg führte in gerader Linie hinunter zum Steg, der im Schatten des angrenzenden Bootshauses lag. Gregory bückte sich und berührte die flachen Halme. Für gewöhnlich richtete sich das Gras wieder auf, was aber hier nicht geschehen war. Etwas Schweres musste dafür gesorgt haben, dass diese Möglichkeit nicht mehr gegeben war.

Du deutest da zu viel rein, sagte er sich und machte sich auf den Weg zum See.

Als er ein paar Minuten später das Bootshaus passierte, lugte er durch die breite Tür ins Innere und entdeckte ein kleines Motorboot, das träge auf dem Wasser lag. Na ja, wenigstens war es nicht mehr das alte Holzboot, mit dem er gemeinsam mit Dad auf den See hinausgerudert war. Gregory lächelte. Hier versteckte sich also der Fortschritt der vergangenen Jahre.

Er ging den Steg bis zum Ende, setzte sich auf die Planken, zog den linken Schuh und die Socke aus und tauchte den Fuß in den See. Zischend sog er die Luft ein. Das Wasser war verdammt kalt. Die Prothese hatte er angewinkelt; es bedurfte einer intensiven Pflege, wenn das Ding nass wurde, und darauf konnte er gern verzichten.

Die Oberfläche des Sees glänzte wie der Schatz aus einem Piratencomic. Er hörte ein Lachen neben sich und als er hinsah, freute er sich über den kleinen Jungen, der zu seinem Vater ins Boot stieg. Das alte Ding schwankte und der Junge wäre ins Wasser gefallen, wenn sein Dad ihn nicht mit einem beherzten Griff am Arm davor bewahrt hätte. Dann ruderten sie hinaus.

Dad keuchte, wie er es immer tat, wenn er sich anstrengte, und der kleine Gregory blickte in den wolkenfreien Himmel. Niemand sagte etwas, was auch nicht nötig war. Früher hatten sie viel geredet, wenn sie auf den See hinausruderten. Seitdem Gregory ›mit anpacken‹ musste, war das Schweigen des Sees auf sie übergegangen. Gregory hatte nichts dagegen. Er hätte auch nicht gewusst, worüber er sich mit Dad unterhalten sollte. Alles war gesagt worden. Alles, dort unten im Keller …

Als sie die Mitte des Sees erreichten, legte Dad die Ruder über den Bootsrand. Dann holte er sein Messer hervor – das, mit dem er die Fische aufschnitt – und schlitzte den mit Sand gefüllten Plastiksack auf, der in der Mitte des Bootes lag. Schweigend begannen sie damit, den Sand in die schwarzen Plastiksäcke zu füllen, damit diese später nicht an der Oberfläche schwammen.

Gregory zuckte zusammen, als etwas seinen Fuß berührte. Schnell zog er ihn aus dem Wasser. Es kam ihm vor, als hätte jemand nach ihm gegriffen, doch als er nun über den Rand des Stegs blickte, sah er nur das undurchdringliche Schwarz, das hier im Schatten nicht glänzte.

Gregory schüttelte sich und wischte über die Gänsehaut, die sich auf seinen Armen gebildet hatte. Die Erinnerungen, die er noch vor wenigen Sekunden gehabt hatte, verblassten wie ein Traum, den man nicht festhalten konnte. Er war mit Dad auf dem See gewesen, ja, wie so oft, als er noch jung war. Dad hatte ihn immer zum Angeln mit rausgenommen. Es waren schöne Tage gewesen, die Vater und Sohn miteinander genossen hatten. Oder?

Der Keller!

Gregory rieb sich die Augen. Was war da im Keller passiert? Er sah sich um und stellte fest, dass der Steg inzwischen nicht mehr im Schatten lag. Wie lange saß er hier bereits? Ein Blick auf die Uhr bestätigte seine Vermutung. Es war inzwischen später Nachmittag. Er hatte noch etwas mehr als eine Stunde Zeit, bis es Abendessen gab.

Verwirrt, weil er sich die lange Zeit nicht erklären konnte – er hatte nicht das Gefühl, eingeschlafen zu sein –, stand er auf und machte sich auf den Weg zurück.

Als er die Ecke der Villa passierte – am Abflussrohr hatte sich Efeu bis zur Dachrinne vorgearbeitet –, fiel sein Blick auf etwas, das aus dem Gras hervorragte und das ihm auf dem Hinweg nicht aufgefallen war. Er schluckte und blieb stehen.

»Heilige Scheiße!«, kam es über seine Lippen.

Mit einem Schlag verschwand die Hitze, die ihm noch vor wenigen Sekunden ein Brennen auf die Haut gezaubert hatte. Gregory verspürte eine Kälte, die ihn langsam von oben kommend umhüllte, wie die schleimige Substanz einer überdimensionalen Qualle. Er hob den Kopf und entdeckte eine dunkelgraue Wolke, die sich vor die Sonne geschoben hatte. Sie war nicht groß und es würde nicht lange dauern, bis der Schatten, den sie warf, wieder verschwunden war. Dennoch passte diese Situation zu dem surrealen Bild, das Gregory dort neben der Villa im Gras entdeckt hatte.

Schritt für Schritt – beinahe in Zeitlupe, was ihm aber nicht bewusst war – verließ er den Trampelpfad und durchquerte das kniehohe Gras mit den vereinzelten Wildblumen. Eine Biene summte an seinem Ohr vorbei, wohl aufgeschreckt durch den ungebetenen Gast, der durch ihr Revier tapste. Doch Gregory war nur auf das fixiert, was sich dort aus der Rasenfläche hervorschälte.

Nach zwanzig Metern – die Sonne war inzwischen wieder aufgetaucht – erreichte Gregory den Hügel mit dem Holzkreuz. Das Pochen in seiner Brust war durch das schweißgetränkte Shirt zu sehen.

Hier hast du sie also hingebracht.

Das Grab war gepflegt und vom Unkraut befreit; Blumen gab es keine. Auf dem schlichten Holzkreuz war der Name seiner Mutter eingraviert worden; nur der Vorname, sonst nichts. Die Zeit hatte die Farbe verblassen

lassen, sodass lediglich die Vertiefungen der Buchstaben zu erkennen waren.

Gregory ging in die Hocke. »Hey, Ma«, flüsterte er.

Kurz dachte er an den Streit zurück und an die letzten Worte, die er ihr entgegengebrüllt hatte: *»Ich hasse dich!«*

»Es tut mir leid, Ma.« Er legte eine Hand auf die warme Erde und es kam ihm vor, als wäre es ihre Wärme, die nun in seinen Körper strömte. Genau diese unbändige Wärme, die er immer verspürt hatte, wenn sie ihn in den Arm genommen hatte. Sogar der Geruch ihrer Körpercreme stieg ihm plötzlich in die Nase.

»Wenn du mir doch nur erzählt hättest, was damals vorgefallen ist. Dad ist ein anderer geworden.« Gregory senkte den Kopf. »Wir haben uns fünfundzwanzig Jahre nicht gesehen.« Ihm fiel auf, dass das auch auf seine Mutter zutraf. Anstelle von Traurigkeit überkam ihn ein Schauer der Erleichterung. Ein Rätsel war gelöst.

Er genoss die Sonne, die ihm die Haut im Nacken verbrannte.

Kapitel 5

Dad erschien auch nicht zum Abendessen.

Als Gregory Meredith auf das Grab ansprach, sagte diese nur, dass er das mit seinem Vater besprechen müsse. Sie wusste lediglich, dass eines Tages Leute vom Beerdigungsinstitut hier aufgetaucht waren, nachdem ein anderer Trupp, bestehend aus zwei Trunkenbolden, ein paar Tage zuvor das Grab neben dem Haus ausgehoben hatten.

Gregory stutzte. Hatte dieser Friedhofsgärtner nicht gesagt, dass Ma zwei Tage nach ihrer Beerdigung bereits wieder exhumiert worden war? Wann hatte Dad denn dann den Auftrag für die Aushebung dieses Grabes gegeben?

Logischerweise noch vor ihrer offiziellen Beerdigung!

Er hatte also bereits gewusst, dass er Ma hier auf dem McLane-Grundstück begraben würde. Warum dann der ganze Zirkus mit der Beerdigung auf dem Friedhof?

Er wollte nicht, dass ich komme, durchfuhr es Gregory. Das schien im Moment die einzige Erklärung zu sein. Hatte er Angst gehabt, dass der achtjährige Gregory nicht mehr fortwollen würde? Oder hatte er sich vor der direkten Konfrontation mit seinem Sohn gefürchtet? *Wie erklärt man seinem Kind, dass man es nicht mehr haben will?*

Ohne ein weiteres Wort stand Gregory auf und verließ das Esszimmer.

»Wo willst du hin?«, rief ihm Meredith hinterher. »Dein Vater schläft!«

Das war Gregory egal. Er musste Antworten haben, wenn er nicht verrückt werden wollte. *Definitiv bin ich nicht umsonst gekommen!*

Dads Zimmer im Erdgeschoss war über einen langen Flur zu erreichen. Ein Teppichboden – so dick, dass man meinen konnte, darin zu versinken – zog sich in einem schmalen Streifen vom Anfang bis zum Ende über die Holzdielen. Die Wände waren hell gestrichen – Mum hatte seinerzeit die düstere Farbe entfernen lassen – und Landschaftsfotografien hingen in exakten Abständen an Drahtseilen, die wiederum an der Decke befestigt waren.

Gregory beachtete sie nicht; er kannte sie ja bereits. Allerdings hörte er, wie Meredith hinter ihm durch die Halle schnaufte. »Gregory!«, rief sie dabei. »Lass ihn schlafen!«

Er ignorierte ihre Stimme genauso wie die Bilder an der Wand.

Endlich erreichte er Dads Zimmertür. Er überlegte kurz, ob er anklopfen sollte, entschied sich aber dagegen und trat ein.

Der Raum war in dämmriges Licht getaucht, das von einer Nachttischlampe kam. Schwere dunkelbraune Vorhänge verhinderten, dass Sonnenlicht einfiel. Dad saß im Doppelbett und las ein Buch. Als Gregory eintrat, hob er den Blick und schielte über seine Lesebrille.

Die Bettseite neben ihm war zerwühlt und es sah aus, als wäre dort gerade jemand aufgestanden.

Inzwischen erreichte auch Meredith die Tür und trat ebenfalls ein. »Bitte entschuldigen Sie. Er ist einfach losgerannt.« Sie wollte Gregory am Arm fassen, den dieser jedoch wegdrehte.

»Ist in Ordnung, Meredith. Machen Sie Ihre Arbeit«, sagte Dad. Er ließ das Buch auf seinen Schoß sinken.

Mit einem unverständlichen Gemurmel verließ die alte Dame den Raum und schloss die Tür.

»Ich hatte dich beim Abendessen erwartet«, sagte Gregory. Einfach nur, weil er nicht wusste, wie er das Gespräch beginnen sollte.

»Ich werde wieder dran teilnehmen, sobald du das Haus verlassen hast«, entgegnete sein Vater ohne den Anflug einer Emotion in seinem Gesicht. Eigentlich hatte Gregory nichts anderes erwartet. Zumindest nicht, seitdem er die Villa das erste Mal betreten hatte. Und obwohl es erst gestern gewesen war, kam es ihm vor, als befände er sich schon Jahre hier. Es war wie vorhin am See; plötzlich waren Stunden vergangen, ohne dass er es bemerkt hatte. Hier im Haus waren es nur keine Stunden, sondern Jahre. Vielleicht sogar Jahrzehnte.

»Meinst du nicht, du bist mir eine Erklärung schuldig, Dad?« Noch immer stand Gregory mitten im Raum. Vor Mutters ehemaligem Schminktisch war ein Hocker positioniert, doch hätte sich Gregory niemals einfach so hingesetzt. Dieser Mann dort, der ihn anstarrte, als sei er ein bösartiges Geschwür auf einer sonst makellosen Haut, war derart Respekt gebietend, dass sich Gregory trotz seiner dreiunddreißig Jahre wie ein Schuljunge vorkam, der ins Büro des Rektors zitiert worden war.

»Ich schulde dir nichts, Junge«, beantwortete Henning McLane seine Frage.

Gregory trat einen Schritt auf das Bett zu. »Warum hast du Mas Grab verlegen lassen?«

»Mir war danach.«

»Das ist keine Antwort, Dad.«

»Eine, die dir reichen muss. Du hast es herausgefunden, also nimm es als gegeben hin.«

Gregory spürte eine Wut, die in seinen Eingeweiden aufkochte. Warum wurde er von Dad derart herabsetzend behandelt?

»Wenn du mich jetzt entschuldigen würdest. Ich möchte mich weiter meinem Buch widmen. Deine Anwesenheit ermüdet mich.« Er hob das Buch an und wandte den Blick ab.

»DAD!«, brüllte Gregory. »Was ist los mit dir? Was ist damals geschehen?«

Sein Vater blickte träge über den Buchrand. »Das hat dich fünfundzwanzig Jahre lang nicht interessiert. Also pack deine Sachen, sofern du welche dabeihast, und verlasse mein Haus! Verlasse die Stadt! Von mir aus auch diese Welt! Wenn du morgen noch hier bist, lasse ich dich von der Polizei wegen Hausfriedensbruch festnehmen. Hast du das jetzt kapiert?« Nicht mit einem Wort war die Stimme seines Dads lauter geworden.

»Dad.« Es war fast nur ein Krächzen, das über Gregorys Lippen kam. »Ich bin dein Sohn!«

»Mein Sohn ist vor fünfundzwanzig Jahren gestorben.«

»*Du* hast den Kontakt untersagt! Du und kein anderer.«

»Mein Sohn ist vor fünfundzwanzig Jahren gestorben«, wiederholte der Alte. »Verlass jetzt dieses Zimmer.«

Gregory wollte noch etwas sagen. Er wollte noch so viel fragen, doch sah er ein, dass es zwecklos war. Sein Dad hatte sich dem Buch zugewandt und machte nicht im Geringsten den Eindruck, als würde er je wieder davon aufblicken. Zumindest nicht für Gregory.

Resigniert drehte dieser sich um und ging zur Tür. »Gute Nacht, Dad«, sagte er leise und ging.

Meredith erwartete ihn auf dem Flur. »Ich habe dir gesagt, du sollst ihn in Ruhe lassen.«

»Er macht nicht den Eindruck, krank zu sein«, sagte Gregory und ging an ihr vorbei. »Wie dem auch sei, ich werde morgen Früh abreisen.«

Sie holte auf und ging neben ihm. »Es ist besser so. Glaub mir.«

Er blieb stehen und sah sie an. Sie versuchte, seinem Blick standzuhalten, schaffte es aber nicht und senkte den Kopf. »Was geht hier vor, Meredith? Was ist in den letzten fünfundzwanzig Jahren geschehen?«

Sie hob den Blick an. Ihre Augen sahen traurig aus, aber nur kurz. Dann ging ein Ruck durch ihren Körper und der Blick wurde wieder kalt. »Frühstückst du morgen noch hier oder reist du vorher ab?«

Gregory grinste, obwohl er am liebsten seinen Frust hinausgeschrien hätte. »Ich werde noch frühstücken.«

Sie nickte. »Sieben Uhr.«

»Ich weiß.«

Kapitel 6

Gregory konnte nicht einschlafen. Er hatte das Fenster einen Spaltbreit geöffnet und lauschte, im Bett sitzend, dem Grollen eines weit entfernten Gewitters. Er überlegte, ob er seine Erinnerungen auffrischen sollte, indem er durch das Haus ging, vielleicht sogar den Keller aufsuchte. Aber wollte er das wirklich?

Als er vor zwei Tagen hier angekommen war, hatte er einen Schrei gehört. Er hatte es verdrängt, aber die Erinnerung daran war vorhin, als er wie ein getretener Hund auf sein Zimmer gegangen war, zurückgekommen. Hatte er ihn denn wirklich gehört? Konnte es nicht genauso gut das Kreischen eines Seevogels gewesen sein? Doch soweit sich Gregory erinnerte, waren Vögel am See rar, was Dad damals immer als ein außergewöhnliches Wunder bezeichnet hatte.

»Wieso ist das ein Wunder, Dad?«, hatte der kleine Gregory gefragt, während das Boot sanft schaukelte.

Dad hatte von seiner Angel aufgesehen und gelächelt. »Das ist ganz einfach, Junge. Je weniger Vögel, desto mehr Fische für uns.« Er hatte gelacht und Gregory hatte sich dem angeschlossen. Dads Lachen war ansteckend, das hatte Ma auch gefunden. Für Gregory gab es damals nichts Schöneres, als wenn sie zu dritt so laut lachten, dass Meredith irgendwann im Türrahmen auftauchte und fragte, ob alles in Ordnung sei. Meist konnte niemand antworten, was dazu führte, dass Meredith ebenfalls in das Lachkonzert einfiel.

Das Grollen des Donners wurde lauter und noch während Gregory sich darauf konzentrierte, spürte er, wie er allmählich in den Schlaf driftete.

Ein donnernder Knall ließ ihn aufschrecken.

Er lag auf der Seite und sein Nacken tat weh. Stöhnend setzte er sich aufrecht hin. Der Wind hatte einen der Fensterläden aufgestoßen, sodass es aussah, als würde dieser Gregory zuwinken. Ein Blitz schlug dermaßen laut irgendwo in der Nähe ein, dass Gregory zusammenzuckte. Draußen wurde es kurz so hell, dass er die Lider zusammenkniff.

Leise fluchend, weil es in diesem Landabschnitt scheinbar immer gewitterte, stieg er aus dem Bett. Er rieb seinen Beinstumpf, der unangenehm kribbelte. Für gewöhnlich schlief Gregory ohne Prothese, doch aus irgendeinem Grund hatte er sie dran gelassen.

Er ging zum Fenster und wollte es gerade schließen, als ein weiterer Blitz eine Szenerie am See beleuchtete, die seine Aufmerksamkeit erregte. Hatte er dort unten jemanden gesehen?

Regentropfen peitschten ihm ins Gesicht, als er sich weiter hinausbeugte. Die Umgebung des Hauses war in völlige Dunkelheit gehüllt, dennoch konnte er die schillernde Oberfläche des Sees ausmachen. Und dort am Bootshaus waren eindeutig Silhouetten zu erkennen.

Gregory wischte sich übers Gesicht, doch sosehr er sich auch anstrengte, er konnte nichts Genaues sehen.

Warte auf den nächsten Blitz!

Als hätte er den Befehl erteilt, krachte ein gewaltiger Strahl in den See. Diesmal erschreckte Gregory nicht, denn er erkannte die beiden Silhouetten. Es waren Meredith und Dad, die etwas aus einer Schubkarre holten und ins Boot warfen. Ein weiterer Blitz folgte und diesmal sah Gregory, dass Meredith direkt zu ihm heraufstarrte. Für den Bruchteil einer Sekunde trafen sich ihre Blicke.

Gregory wich zurück in die Schatten seines Zimmers. Er spürte, wie der Regen über sein Gesicht lief und auf das Shirt tropfte. Ob sie ihn gesehen hatte?

Vorsichtig näherte er sich wieder dem Fenster und drückte sich dabei fest gegen die Wand, um bei einem weiteren Blitz nicht entdeckt zu werden. Dieser ließ nicht lange auf sich warten, doch diesmal war der Steg leer. Weder Dad und Meredith noch die Schubkarre, aus der sie die Pakete ins Boot geworfen hatten, waren zu sehen.

Gregory runzelte die Stirn. Ein weiterer Blitz beleuchtete den See und seine Umgebung. Nichts.

Wie konnte das sein? Zwischen dem Blitz, bei dem Meredith in seine Richtung geschaut hatte, und dem nächsten hatten nur ein paar Sekunden gelegen.

Sollte ihm sein Verstand einen Streich gespielt haben? Bei dem, was er gesehen hatte – oder zumindest glaubte, es gesehen zu haben –, schien Dad alles andere als todkrank zu sein.

Oder es war überhaupt niemand auf dem Steg!

Oder sie haben sich samt der Schubkarre im Bootshaus versteckt! Ist doch logisch.

Als der nächste Blitz über den Himmel zuckte, sah Gregory ein kleines Boot, das auf den See hinausfuhr. Als der Donner vorüber war, konnte er das Tuckern eines Motors hören, was aber so kurz war, dass es sich diesmal tatsächlich um Einbildung handeln konnte.

Sie fahren auf den See raus!, durchfuhr es ihn. *So, wie ich damals mit Dad hinausgefahren bin.*

Um etwas abzuladen!

Der Keller!

Gregory wirbelte herum.

Das Haus ist leer!

Er eilte zur Tür, hinaus auf den Flur und runter ins Erdgeschoss. Er wollte gerade zum Kellereingang rennen, als ihm seine Befürchtung von vorhin ins Gedächtnis zurückkam.

Was, wenn es ein Mann war, der Dad ähnlich sah?

Blitzschnell änderte er die Richtung und lief über den Flur mit dem dicken Teppichboden zu Dads Zimmer. Wieder ohne anzuklopfen, riss er die Tür auf und starrte auf das leere Bett. Das Buch, in dem Dad vorhin gelesen hatte, lag auf dem Nachttisch. Die Lampe brannte noch.

Es war also er dort draußen! Kein anderer Mann!

Welches paranoide Spiel spielten die beiden mit ihm?

Denk an den Schrei!

Ihm schwante Fürchterliches. Hatten sie jemanden gefangen gehalten und waren nun damit beschäftigt, den Leichnam zu entsorgen?

»Was ist in den Tüten, Dad?«, fragte der kleine Gregory, während er den Sand hineinschaufelte. Dad hatte ihm verboten, hineinzusehen. Das Boot schaukelt etwas, denn der See war unruhig, als würde er sich gegen das sträuben, was ihm bevorstand.

»Fischfutter, Junge. Damit locken wir die ganz Großen an. Dave Gragson auf der anderen Seite vom See hat letztens einen zwei Meter großen Wels rausgeholt. Hat nur am Köder gelegen, sagte er.«

Gregory stürmte aus dem Zimmer, über den Flur und zurück in die Halle. Der Eingang zum Keller befand sich in Form einer grün gestrichenen Holztür im hinteren Bereich der Küche. Zumindest war er früher dort gewesen und Gregory ging nicht davon aus, dass sich daran inzwischen etwas geändert hatte. Er sollte damit recht behalten.

Obwohl sich außer ihm keiner mehr im Haus befand, öffnete Gregory die Kellertür vorsichtig, um ein Quietschen der Angeln zu verhindern.

Staubiger, warmer Kellergeruch schlug ihm augenblicklich entgegen. Irgendwo unterhalb der Treppe erhellte eine Lampe die ersten Meter. Gregory konnte sich daran erinnern, dass es eine mit einem Drahtgeflecht ummantelte Glühbirne war, die automatisch anging, sobald die Kellertür geöffnet wurde. Sie schaltete sich nach zwei Minuten ab, wenn bis dahin niemand den Schalter am Ende der Treppe umgelegt hatte. Diese zunächst umständlich erscheinende Konstruktion resultierte aus der

Tatsache, dass der Keller der Villa extrem groß und weitläufig war. Wenn Dad länger im hinteren Bereich beschäftigt war, dann schaltete sich das Licht im vorderen automatisch ab, um Strom zu sparen.

Gregory spürte den Schweiß, der auf seinem Körper entstand. Draußen schlug ein Blitz ein und erhellte die Küche für einen Augenblick.

Du solltest dich beeilen. Sie werden nicht ewig auf dem See bleiben.

Gregory stieg die Stufen hinab. Auf halber Strecke war er plötzlich wieder der achtjährige Greg, der diesen Weg schon so oft gegangen war. Am unteren Ende angekommen, betätigte er den Schalter. Früher hatte er sich dazu auf einen Hocker stellen müssen, den Ma und Dad extra dafür dorthin gestellt hatte. Inzwischen war er verschwunden.

Ein langer, schmaler Gang führte zu einer Wand, vor der es nach rechts und links tiefer in das Kellergewölbe hineinging. Würde er rechts abbiegen, so würde er zum sogenannten ›großen Raum‹ kommen. Gregory erinnerte sich daran, als Kind des Öfteren vor dessen Tür gesessen zu haben, um den Geräuschen dahinter zu lauschen.

Immer dann, wenn die Kreissäge anging, hatte er sich die Ohren zugehalten und war wieder nach oben gerannt. Bis zu jenem Tag als …

Gregory schüttelte den Kopf. Er konnte sich diese plötzlichen Erinnerungen nicht erklären. Sie kamen ihm derart fremd vor, als hätte er das Erinnerte nicht wirklich erlebt, sondern in irgendeinem Film gesehen. Immer wieder blitzten sie kurz auf, um dann, wenn er sich darauf konzentrierte, wieder in der Tiefe des Bewusstseins zu versinken.

Wie Plastiktüten, die mit Sand gefüllt sind.

Ihn schauderte.

Denk an die Schreie! An das Weinen! An das Flehen!

Abermals konnte er die Erinnerung nicht halten.

Es gibt einfach keine, redete er sich ein und schlug seinen Weg nach links ein. Nach gut zwanzig Metern befand sich eine Metalltür zu seiner Rechten. Der Korridor war hier zu Ende. Was war dahinter? Vorsichtig drückte er die Klinke hinab und starrte in gähnende Schwärze. Er tastete nach einem Lichtschalter, fand ihn wenig später und brachte eine Leuchtstoffröhre dazu, zuckend aufzuflackern.

Er betrat einen hell getünchten, etwa vier mal vier Meter großen Raum, an dessen rechter Seite sich ein Sideboard befand, auf dem Kartons mit schwarzen Müllbeuteln standen. Unzählige Kabelbinder hingen an einem Brett darüber.

Die Tüten für die Fischköder, durchfuhr es ihn.

Ein Handwaschbecken in der Ecke wirkte, als wäre es schon lange nicht mehr benutzt worden. Kalk hatte den Wasserhahn trübe werden lassen.

Er ging durch den Raum auf eine gegenüberliegende Tür zu, die baugleich wie jene war, die er gerade geöffnet hatte.

Als er auch diese aufzog, flackerten Lichter automatisch auf und beleuchteten einen Gang mit mehreren Käfigen auf der rechten und linken Seite. Am Ende des Ganges stand eine schwere Werkbank aus Holz, über der Sägen, Beile und Messer jeweils unterschiedlicher Größen an der Wand hingen.

Dad schob Gregory hinein. »Nur zu, Junge«, sagte er mit sanfter Stimme. »Trau dich.«

»Was ist das hier, Dad?«

»Hier stellen wir die Fischköder her. Komm, ich zeig es dir.«

Dieser Raum roch anders als der übrige Keller. Gregory rümpfte die Nase. »Es riecht nach Kacka«, sagte er.

Dad lachte. »Ja, da hast du recht. Die Tiere haben ihre Bedürfnisse. Meredith muss mal wieder sauber machen.«

Die Ställe, wie Dad die hölzernen Verschläge rechts und links bezeichnete, waren leer. Alle, bis auf den letzten, den sie nun erreichten.

Mit offenem Mund starrte Gregory durch die Ritzen zwischen den Brettern auf die halb nackte Frau, die am Ende der Zelle auf dem Boden lag. Ihre Arme waren mit Bandagen verbunden, die von Blut durchtränkt waren.

Dad öffnete das Schloss und schob die Tür ins Innere. Die Frau zuckte mit den Beinen, als würde sie im Traum vor irgendetwas davonlaufen. Dad ging hinein, packte sie unter den Armen und zog sie aus dem Käfig. Immer wieder gaben ihre Beine nach.

Gregory sah, dass ihre Finger lila angelaufen waren, einige waren sogar an den Spitzen schwarz.

Dad schleifte den Körper zur Werkbank und hob ihn darauf. Sofort zog die Frau ihre Beine an die Brust und wimmerte. Er drückte sie wieder gerade und zog ihr Jeans und Schlüpfer aus.

Gregory trat etwas näher heran. Er hatte noch nie eine Frau nackt gesehen und starrte auf das haarige Dreieck zwischen ihren Beinen. Er wollte fragen, was Dad mit ihr vorhatte, aber es kamen keine Worte über seine Lippen. Er ging davon aus, dass Dad sie töten würde.

»Magst du mir aus der Kiste dort ein paar Müllsäcke holen und sie öffnen?«, fragte er, während er ein langes, gekrümmtes Messer von der Wand nahm.

»Was … Was hast du vor, Dad?« Endlich schaffte es Gregory, seine Frage loszuwerden.

»Wir werden sie zerlegen, damit sie in die Beutel passt«, sagte er, als wäre es das Selbstverständlichste auf der Welt. »Du musst sie nur offen halten.«

Gregory holte ein paar Plastiksäcke, riss sie an der entsprechenden Perforation auseinander und öffnete sie, während Dad das Messer am Gelenk zwischen Unter- und Oberarm ansetzte.

Als hätte er sein Leben lang nie etwas anderes gemacht, löste er mit ein paar gekonnten Schnitten die beiden Knochen voneinander. Die Frau wimmerte lediglich.

»Tut es ihr gar nicht weh?«, wollte Gregory wissen.

Dad schüttelte den Kopf und warf den abgetrennten und bandagierten Unterarm in den Beutel. »Den kannst du dort abstellen. Nur ein Teil pro Beutel.« Er machte sich daran, den anderen Unterarm abzutrennen, was ebenso routiniert und lautlos vonstattenging. »Sie hat sich die Arme abgebunden und da die inzwischen abgestorben sind, spürt sie es nicht. Gleich hingegen wird es etwas lauter werden.«

Gregory erreichte den letzten Käfig, aus dem Dad vor mehr als fünfundzwanzig Jahren eine Frau geholt hatte, um sie in mehrere Teile zu zerlegen. Er konnte noch immer ihre Schreie hören, die sie von sich gegeben hatte, als sie nur noch ein Torso mit Kopf war.

Gregory atmete ganz flach, obwohl sein Herz raste. Diesmal verblassten die Erinnerungen nicht. Sie waren wie ein gewaltiger See, der mehrere Jahrzehnte lang verschwunden gewesen war, ausgetrocknet und scheinbar für immer versiegt, doch sich nun langsam wieder füllte.

Gregory starrte auf den Mann, der in der Zelle auf dem Boden lag und sich nicht bewegte.

»Hallo?« Es war lediglich ein Flüstern, das über seine Lippen kam. Der Mann reagierte nicht.

Gregory zog an dem Vorhängeschloss, doch es war verschlossen.

»Hey!« Diesmal lauter. »Wachen Sie auf, Mann!« Er trat mit dem Fuß gegen das Holz, was aber ebenfalls nichts bewirkte. Vermutlich war der Kerl bereits tot.

Erst jetzt bemerkte Gregory die Blutpfütze, in der er stand. Sein Blick fiel auf die Werkbank. Auch diese war von Blut getränkt – frischem Blut, denn es glänzte im Licht – und Dads Messer zum Abtrennen der Körperteile lag benutzt auf dem dicken Holz.

Sie haben wieder eine Leiche zerlegt und sind nun dabei, sie auf dem See zu entsorgen. Ich muss die Polizei verständigen!

»Ich werde Hilfe holen«, sagte er zu dem toten Mann und rannte den Korridor zurück.

Als er die Abzweigung erreichte, an der es rechts in Richtung Kellertreppe ging, zögerte er. Er blieb stehen und blickte den Gang hinunter, der zum ›großen Raum‹ führte.

Zögerlich ging er weiter, jedoch nicht zum Ausgang. Wieder hörte er Schreie, doch diesmal waren sie nur in seinem Kopf.

Gregory wusste nicht, was Dad in dem großen Raum machte, aber er war nicht dumm. Auch mit acht war er das nicht gewesen. Nachdem er erfahren hatte, woraus Dads Fischköder bestanden, war er oft zum großen Raum gegangen, um dort vor der Tür mit dem Briefschlitz zu hocken. Immer dann, wenn Dad, Ma und Meredith in die Stadt gefahren waren, um den Großeinkauf zu erledigen. Dad hatte zwar strengstens verboten, diesen Bereich des Kellers zu betreten, aber es waren genau diese Verbote, die die Neugierde eines Achtjährigen erst richtig anheizten.

»Ab hier ist für dich Schluss!«, hatte Dad gesagt, als sie eines Tages gefüllte Säcke nach oben brachten. Er hatte auf den Anfang des Gangs gedeutet. »Hier ist die magische Grenze, Junge. Hast du das verstanden?«

»Was ist denn da?«, hatte Gregory wissen wollen.

»Nur der große Raum. Alles andere hat dich nicht zu interessieren. Zumindest noch nicht.«

Er erreichte die schwere Eisentür mit dem schmalen Schlitz im unteren Bereich, der durch eine Klappe, die man von außen mit einem Riegel verschließen konnte, gesichert war.

Gregory ging in die Hocke, schob den Riegel beiseite und blickte ins Innere.

Zum ersten Mal im Leben! Er hatte zwar früher oft hier gesessen, aber sich nie getraut, in den Raum zu gucken. Die Geräusche hinter der Tür hatten ihm völlig gereicht.

Er sah einen weiteren Mann, der bis auf Unterhose und Schuhe nackt war und verzweifelt durch den Raum lief, als würde er etwas suchen.

»Hey!«, rief Gregory.

Der Mann erstarrte und blickte in seine Richtung.

Gregory steckte die Finger durch den Schlitz und bewegte sie. »Ich bin hier!«

Der Mann kam angerannt, stoppte aber einen Meter vor der Tür. Dort ging auch er in die Hocke.

»Ich kann den Schlüssel nicht finden! Und ich werde es nicht tun!« Er kreischte, was mehr einem Wimmern glich. Dabei spritzte sein Speichel bis hinüber zum Briefschlitz.

Gregory griff nach oben und stellte fest, dass die Tür verschlossen war. »Ich bin hier, um Ihnen zu helfen«, sagte er durch die Öffnung hindurch.

Der Mann starrte in seine Richtung. »Ich werde mir das Bein nicht absägen«, brüllte er. »Niemals werde ich so was tun! Hören Sie das? Niemals!«

Gregory verstand nicht, was der Kerl damit sagen wollte. Warum sollte er sich ein Bein absägen?

Wieder tauchten Erinnerungen aus der Tiefe des Sees auf. Sie waren nur kurz, wie Fetzen eines zerrissenen Körpers. Von Fischen zerfressen. Lediglich Reste eines Köders.

Gregory sah eine junge Frau, der ein Auge fehlte. Die Wunde war frisch. Eine andere hatte keine Hände mehr. Doch das Schlimmste war der Mann. Gregory konnte ihn plötzlich direkt vor sich sehen. Dieses weiße Gesicht – blutleer –, das irre Lachen und der Darmstrang, der aus einem Loch in der Bauchdecke gezogen und um seinen Hals gelegt worden war. »Ich habs getan!«, hatte er lachend gekreischt. »Ich habs tatsächlich getan!«

Dad hatte ihn behutsam auf den Tisch gelegt und mit seiner Arbeit begonnen, während Gregory schweigend die Müllsäcke offen gehalten hatte. Der Kerl hatte die ganze Zeit über gelacht, selbst dann noch, als Dad den Torso der Länge nach öffnete, um die Innereien zu entfernen.

»Sie sind gerade nicht im Haus!«, sagte Gregory zu dem Mann hinter der Tür. »Halten Sie noch einen Moment durch. Ich werde die Polizei verständigen!«

»Ich … Ich muss es mir also nicht absägen? Oder ist das ein perverser Trick?«

»Sie müssen sich gar nichts absägen. Warten Sie einfach, bis ich wieder da bin.« Was sollte er auch sonst tun?

Gregory sprang auf und lief den Gang zurück. Ein lautes Poltern hinter seinem Rücken ließ ihn aufschrecken. War da eine Tür aufgestoßen worden? Er wusste, dass der Gang am großen Raum noch nicht zu Ende war, aber weiter war er auch damals nie gegangen. Vielleicht waren dort noch weitere Verliese oder große Räume?

Jedoch war das jetzt einerlei. Er musste Hilfe verständigen, bevor Dad und Meredith vom See zurückkamen.

Als er die Treppe erreichte und gleich zwei Stufen auf einmal nahm, hörte er das schrille Läuten des Telefons.

Er fluchte innerlich. Vermutlich rief ausgerechnet jetzt eine Bekannte von Meredith an, um mit ihr zu quatschen. *Es ist mitten in der Nacht, Greg!*, sagte er sich. *Da ruft niemand an. Für gewöhnlich nicht.*

Er stürmte durch den Saal ins Wohnzimmer, wo das antike Telefon seinen penetranten Ton in die Lautlosigkeit des Raums quäkte. Durch die dunklen Fenster war Wetterleuchten zu erkennen. Scheinbar war das Gewitter weitergezogen.

Gregory erreichte das Telefon und riss den Hörer hoch. »Ja?«, brüllte er hinein, bereit, sofort aufzulegen, sollte es sich nicht um die Polizei handeln.

»Greg? Greg, bist du es?«

Gregory zuckte zusammen, als er Hannahs Stimme am anderen Ende der Leitung hörte.

»Hannah!«

»Oh, Greg. Entschuldige, dass ich so spät anrufe, aber ich habe mir Sorgen gemacht, weil du dich nicht gemeldet hast.«

Ein tiefes Gefühl der Scham legte sich auf ihn. Er hatte tatsächlich vergessen, sich bei seiner Frau zu melden.

»Gott, Hannah …«

Ein harter Gegenstand, der gegen seinen Nacken gepresst wurde, brachte ihn dazu, zu verstummen.

»Leg sofort auf!«, zischte die Stimme hinter seinem Rücken. Das Geräusch zweier Abzugshähne einer Schrotflinte ließ Gregory zu Eis erstarren. »Leg auf!«

Er war doch nicht allein im Haus! Oder waren die beiden schon zurück?

»Greg? Bist du noch da?«

Gregory nahm den Hörer vom Ohr und führte ihn langsam in Richtung der Gabel. Dann brüllte er: »Ruf die Polizei!«

Teil 4 – Trauer

Kapitel 1

Hannah zuckte zurück, als der ohrenbetäubende Knall eines Schusses durch den Hörer in ihr Ohr drang.

»Greg!«, kreischte sie. Dann war die Verbindung beendet. Hannah starrte auf das Handy in ihrer Hand, die so stark zitterte, dass sie befürchtete, es würde ihr jeden Augenblick durch die Finger rutschen.

»O mein Gott.« Hatte sie die Worte gedacht oder tatsächlich ausgesprochen? Was war da gerade passiert?

»Ruf die Polizei!«, hatte Greg gebrüllt. Dann der Schuss. Wie ein Blitz kam die Erkenntnis. Ihr Mann war in Gefahr. Oder tot.

Ihre Finger tippten die 911.

»Man hat auf meinen Mann geschossen!«, kreischte sie ins Telefon, als sich eine weibliche Stimme am anderen Ende meldete. Diese versuchte, Hannah zu beruhigen, und sprach sanft, aber verständlich.

»Wie ist Ihr Name, Ma'am? Und was genau ist vorgefallen?«

»Mein Name ist Hannah McLane. Ich habe gerade mit meinem Mann telefoniert, da fiel ein Schuss.«

»Okay, welcher Ort?«

»Der Ort ist Sherwood.« Sie fügte die genaue Adresse hinzu.

»Ich werde sie mit dem zuständigen Department verbinden. Bleiben Sie bitte in der Leitung.« Ein Klacken, gefolgt von einem stetigen Summton war zu hören.

Dann: »Police Department Sherwood. Sie sprechen mit Inspektor Kramer.«

***

Hannah und Becky saßen auf dem Sofa und starrten auf das Handy, das auf dem Tisch vor ihnen lag. Inzwischen waren knapp zwei Stunden vergangen, seitdem Hannah mit der Polizei in Sherwood telefoniert hatte. Der Inspektor wollte einen Streifenwagen zur Villa schicken und sich danach sofort wieder melden.

Hannahs Nase war verstopft vom vielen Weinen. Sie hatte Becky aus dem Bett geklingelt und diese war sofort vorbeigekommen.

»Es geht ihm gut«, sagte Becky. Sie hatte für Hannah und sich Tee gekocht und sie davon abgehalten, sofort ins Auto zu steigen, um nach Sherwood zu fahren. »Die Polizei wird alles klären.«

»Ich habe einen Schuss gehört, Becky! Irgendjemand hat auf Greg geschossen. O mein Gott …« Sie spürte wieder diese Übelkeit, die in ihr emporkroch und sie würgen ließ. »Warum melden die sich nicht endlich?«

Darauf hatte Becky keine Erklärung. Auch wenn sie nach außen hin gefasst und ruhig wirkte, so sah es in ihrem Inneren ganz anders aus. Was, wenn tatsächlich auf ihren Neffen geschossen worden war? Oder sein kranker Vater hatte ihn als Geisel genommen und die Polizei verhandelte gerade mit ihm.

»Wie geht es dem kleinen Wurm?«, fragte sie.

»Ich denke, gut. Ich weiß es aber gerade nicht.« Hannah wollte nicht darüber nachdenken. Sie hatte Angst genug. Angst, dass Greg etwas zugestoßen war. Angst, dass er nie wieder zurückkommen würde. Einfach eine panische Angst davor, die Zukunft ohne ihn verbringen zu müssen. Sie wollte jetzt nicht an ihr gemeinsames Kind denken. Sie konnte es einfach nicht. Was war mit Greg passiert?

Noch während sie die verschiedenen Szenarien im Kopf durchspielte, von denen eines schlimmer als das andere war, vibrierte das Telefon auf dem Tisch.

»Ich … Ich kann nicht«, sagte sie zu Becky.

Becky nickte und griff zum Telefon.

Mit jedem Wort, das nun folgte, spürte Hannah, wie der Kloß in ihrem Hals dicker wurde.

»Er ist mein Neffe.« – »Ich verstehe.« – »Selbstverständlich. Ich denke, morgen Mittag.« – »Danke, Inspektor Kramer.«

Becky legte das Telefon zurück auf den Tisch.

Hannah sah sie an, doch Becky hatte ihr den Rücken zugewandt und machte auch keine Anstalten, diese Position zu ändern.

»Ist er tot?« Instinktiv spürte Hannah, dass diese Frage längst beantwortet war. Eigentlich schon, als sie den Schuss gehört hatte.

Jetzt vernahm sie Beckys Schluchzen und als diese sich umdrehte, waren ihre Augen glasig.

»Hat ihn sein Vater erschossen?« Hannahs Inneres war leer. Sie hatte plötzlich nicht mehr die geringsten Empfindungen. Da war keine Trauer und keine Wut. Einfach nur noch Leere. Gleichzeitig waren ihre Gedanken so unendlich klar. Es war ihre Schuld! Natürlich, sie hatte ihn dazu gedrängt, dorthin zu fahren, obwohl sie genau gewusst hatte, dass er es nicht wollte. Und sie selbst war hiergeblieben. Hier, wo sie in Sicherheit war, während sie ihn in den unvermeidbaren Tod geschickt hatte. Ja, *sie* hatte ihren Mann getötet! Nicht sein Vater und auch sonst niemand. Sie ganz allein!

»Es …«, krächzte Becky. Sie räusperte sich. »Es war ein Unfall. Greggi hatte einen Autounfall. Genau wie seine Mutter.« Abermals brach sie in Tränen aus.

»Ein Autounfall?«

Nicken.

»A-Aber … das verstehe ich nicht. Was ist denn mit dem Schuss?«

Abermals räusperte sich Becky und wischte mit dem Ärmel über ihr Gesicht. »Dieser Inspektor sagte, dass er beim Haus war und die Haushälterin sagte, dass sich Greggi bereits am Nachmittag auf den Heimweg gemacht hat. Und dann …«

Hannah sah sie mit großen Augen an. »Dann?«

»Es wäre ein Anruf von der Zentrale gekommen, dass man einen Wagen entdeckt habe, der von der Straße abgekommen sei. Es war Greggis. Und am Steuer … Inspektor Kramer sagt, er muss sofort tot gewesen sein.«

»Das kann nicht sein! Ich habe in der Villa angerufen. Und ich habe mit ihm gesprochen. Diese Meredith lügt also. Was ist mit meinem Schwiegervater?« Hannah konnte nicht glauben, was sich hier gerade abspielte.

»Er hat, laut Aussage der Haushälterin, geschlafen. So wie sie selbst auch. Von einem Schuss wusste sie nichts.«

»Haben die sich im Haus umgesehen?« Nun spürte Hannah, wie sich die Leere in Wut verwandelte.

»Das weiß ich nicht. Aber ich habe dem Inspektor gesagt, dass wir morgen Mittag da sein werden. Er sagte zwar, dass das nicht vonnöten wäre, aber er könne dann deine Aussage zu Protokoll nehmen.«

Hannah senkte den Blick und legte die Hände auf ihren Bauch.

»Ruf die Polizei!«, hatte Greg gerufen. Und sie hatte den Schuss gehört. Warum erzählt dieser Inspektor also, dass Greg einen Autounfall hatte? Noch konnte sie sich das Ganze nicht erklären, aber sie wusste, dass eine oder mehrere Personen logen.

Konnte das bedeuten, dass Greg gar nicht tot war? Ein winziger Hoffnungsschimmer keimte in ihr auf. Es war ein warmes Gefühl, das in ihrem Bauch entstand und sich dort ausbreitete. Verhalten zwar nur, aber sie würde diesen Funken nicht ersticken lassen. Niemals!

Kapitel 2

Das Büro des Inspektors, in das sie von einer netten Sekretärin geführt wurden, war winzig und unscheinbar. Der Schreibtisch und ein Aktenschrank an der Seite füllten den Raum beinahe zur Gänze aus. Zwei Stühle, die Hannah eher an Camping- als an Bürostühle erinnerten, standen vor dem Schreibtisch. Das verblasste Foto einer Stadt – vermutlich Sherwood aus der Vogelperspektive – wirkte ebenso trostlos wie die halb vertrocknete Pflanze auf der Fensterbank.

»Nehmen Sie Platz«, sagte die nette Frau. »Inspektor Kramer ist gleich bei Ihnen. Mein Beileid zu Ihrem Verlust.«

Becky bedankte sich. Hannah sagte nichts.

Nachdem die gläserne Tür geschlossen war, sagte Becky: »Sie hätte uns ruhig einen Kaffee anbieten können. Den könnte ich nach der Fahrt gebrauchen.«

Hannah setzte sich und starrte in ihren Schoß. Die komplette Fahrt über hatte sie so gut wie nicht gesprochen. Becky hatte sie oft aus den Augenwinkeln beobachtet, doch sie hatte nur mit hängendem Kopf auf dem Beifahrersitz gesessen. Sie hatte sich nach den ersten Stunden gewünscht, sie müsste nicht die ganze Strecke fahren, aber sie hatte Angst davor gehabt, Hannah das Steuer zu übergeben.

Wie dem auch sei, sie hatte es irgendwie geschafft, die Fahrt durchzustehen, ohne einzuschlafen, denn an Schlaf war in der Nacht zuvor nicht zu denken gewesen. Becky war höchstens ein paarmal vor Erschöpfung eingedöst, und die fehlende Erholung hatte sie die gesamte Fahrt über gespürt.

Die Tür wurde geöffnet und ein Polizist im mittleren Alter mit angegrautem Haar und Dreitagebart betrat den Raum. Er hatte einen Schnellhefter in der Hand, den er auf den Schreibtisch legte, um Hannah und Becky freundlich zu begrüßen. »Ich möchte Ihnen zu allererst mein tiefstes Bedauern mitteilen.«

»Das ist alles gelogen«, gab Hannah von sich.

Er nahm auf seinem Stuhl Platz, ohne auf ihre Bemerkung einzugehen. »Ich darf mich kurz vorstellen. Ich bin der diensthabende Beamte, der für diesen Fall zuständig ist. Mein Name ist Inspektor Dave Kramer. Wenn ich Sie bitten darf, sich kurz auszuweisen.«

Nachdem die Formalien geklärt waren, ging Inspektor Kramer auf Hannah ein. »Mrs. McLane, ich bedauere zutiefst Ihren Verlust. Können Sie mir erzählen, was es genau mit dem Anruf auf sich hat, von dem Sie heute Nacht sprachen?«

Hannah sah auf. Ihr Gesicht wirkte wie aus Stein gemeißelt. »Ich habe mit meinem Mann telefoniert. Und zwar habe ich im Haus seines Vaters, meines Schwiegervaters, angerufen. Es war dreiundzwanzig Uhr fünf.«

Inspektor Kramer machte sich Notizen.

»Dann schrie er, ich solle die Polizei rufen und dann fiel der Schuss.«

Kramer sah auf. »Laut Aussage Ihres Schwiegervaters und seiner Haushaltsgehilfin verließ Ihr Mann …« Er blickte kurz auf einen weiteren Zettel. »… um drei Uhr nachmittags das Haus.«

»Dann lügen sie«, sagte Hannah.

Kramer öffnete die Akte. »Der Unfall passierte laut Gerichtsmediziner zwischen halb vier und vier Uhr nachmittags.«

Nun mischte sich auch Becky ein. »Kann es nicht sein, dass es sich bei dem Opfer um jemand anderen handelt?«

Kramer zog einen kleinen Gegenstand aus einer durchsichtigen Plastiktüte. »Das haben wir an dem Toten gefunden.« Er reichte ihn Hannah.

Diese schluckte und nahm Gregorys Ehering entgegen.

»Ist das der Ring Ihres Mannes, Mrs. McLane?«

»Ich möchte meinen Mann sehen«, sagte sie leise.

Kramer holte ein Foto aus der Akte hervor und schob es über dem Schreibtisch. Es zeigte Gregorys Wagen von hinten. Mit dem Vorderteil stand er vor einem Baum. Man konnte deutlich den Abhang erkennen, den das Fahrzeug hinuntergefahren war.

»Was man auf dem Foto nicht sieht, ist die eigentliche Todesursache«, sagte Kramer. »Auch davon gibt es Bilder, von denen ich Ihnen allerdings abraten möchte.«

»Was genau ist passiert?«, fragte Becky.

»Warum Mr. McLane von der Straße abkam, können wir noch nicht sagen. Vermutlich ist er einem Tier ausgewichen und ins Schleudern geraten. Die Straßen dort oben sind tückisch und wenn man sich nicht an die Geschwindigkeitsbeschränkung hält …«

»So ein Bullshit!«, unterbrach ihn Hannah. »Mein Mann ist nie zu schnell gefahren!«

»Wie gesagt«, fuhr der Inspektor behutsam fort. »Wir kennen die genaue Ursache noch nicht. Auf jeden Fall prallte der Wagen gegen einen Baumstamm. Ein dicker Ast ist durch die Windschutzscheibe geschlagen und hat Mr. McLane …« Er stockte und suchte nach Worten. Da beide Frauen ihn erwartungsvoll ansahen, fügte er hinzu: »Ihr Mann wurde von dem Ast geköpft, Mrs. McLane. Genauer gesagt, ist sein Kopf nicht mehr vorhanden. Es tut mir aufrichtig leid.«

»Es ist definitiv nicht mein Mann. Mein Schwiegervater lügt. Er oder sonst wer hat Greg im Haus erschossen oder zumindest *auf* ihn geschossen.«

Becky sah, dass Hannah mit den Tränen rang, während sie mit Kramer sprach. Es würde nicht mehr lange dauern, bis ihre Fassade zusammenbrach.

Der Polizist schloss die Akte und legte die Hände zusammen. »Aufgrund der Schwere der Verletzung habe ich umgehend eine DNS-Analyse in Auftrag gegeben. Ich kenne den Leiter der Forensik persönlich, weshalb wir das Ergebnis bereits heute Vormittag vorliegen hatten.

Mrs. McLane, es tut mir leid, aber bei dem Opfer handelt es sich zu einhundert Prozent um Ihren Mann.«

»Benötigt man für eine Analyse kein eindeutiges Material?«, warf Becky ein.

»Das ist korrekt. Die Haushälterin von Mr. McLane stellte uns das am Mittag benutzte Besteck zur Verfügung. Als mich die Kollegen wegen des Unfalls informierten, befand ich mich ja noch in der Villa. So konnte ich es direkt mitnehmen.«

Becky nickte. »In weiser Voraussicht.«

Kramer sah sie mit ernstem Blick an, sagte aber nichts dazu.

»Ich habe mit ihm telefoniert!«, brüllte Hannah. »Scheiß auf Ihre DNS! Ich habe mit meinem Mann telefoniert! Um dreiundzwanzig Uhr fünf!«

Kramers Blick verwandelte sich in eine Mischung aus Trauer und Mitleid. »Es war Ihr Schwiegervater, Mrs. McLane, mit dem Sie gesprochen haben. Er hat es uns bestätigt. Das Geräusch, das Sie gehört haben, könnte vom Gewitter verursacht worden sein. Sie müssen wissen, es hat gestern Abend mächtig rumort.«

Hannah wollte noch etwas erwidern, aber Becky nahm sie in den Arm. »Wir würden dennoch gern meinen Neffen sehen, wenn Sie es erlauben, Inspektor.«

Der Beamte atmete schwer ein. »Ich würde, wie gesagt, davon abraten, aber ich kann es Ihnen natürlich nicht verbieten. Ich sage meinem Kollegen Bescheid, dass er Sie begleitet.«

***

»Das kann alles nicht stimmen«, sagte Hannah, als sie im Wartebereich der Polizeistation auf den Officer warteten, der sie zum Bestatter begleiten sollte. »Ich kenne doch Gregs Stimme. Und es war definitiv er, mit dem ich gesprochen habe. Irgendwas ist da im Haus vorgefallen.«

»Mir scheint das Ganze auch nicht geheuer«, sagte Tante Becky leise. »Für gewöhnlich dauert so ein DNS-Vergleich im besten Fall mehrere Tage. Okay, im Minimum wären es acht Stunden, aber das funktioniert nur in absoluten Ausnahmefällen. Und hier klingt es doch arg konstruiert. Dieser Kramer nimmt rein vorsorglich das Besteck mit, das selbst mitten in der Nacht noch nicht gespült worden ist? Dann kennt er zufällig den Chef der Forensik, der diesen Test für ihn sofort durchführt. Also, ich bin zwar nicht mehr die Jüngste, aber ich spüre, wenn man mir einen Bären aufbinden will.«

»Du denkst, die Polizei steckt mit meinem Schwiegervater unter einer Decke?«

Becky zuckte mit den Achseln. »Wenn, dann auf jeden Fall dieser Inspektor Kramer. Und der scheint hier das Sagen zu haben.«

»Mrs. McLane?« Ein junger Polizist kam auf sie zu. »Ich soll Sie zum Aufbewahrungsraum begleiten.«

Wieder spürte Hannah diese Übelkeit, die in ihr aufstieg. Noch immer war alles so fremd. Greg sollte tot sein?

Allein diese Tatsache war so unendlich weit weg. Und sie würde sie nicht an sich heranlassen. Nicht, solange kein eindeutiger Beweis dafür vorlag. *Ein DNS-Vergleich ist hieb- und stichfest*, sagte sie sich. Das war richtig, aber das gesamte Drumherum stimmte nicht. Und wenn schon das gelogen war, warum sollte es dann bei der Analyse anders sein?

Und was, wenn sie wirklich mit ihrem Schwiegervater gesprochen hatte? Sie kannte seine Stimme nicht, aber vielleicht hatte sie Ähnlichkeit mit der von Greg.

Blödsinn!, schalt sie sich. *Er hat am Telefon gesagt, dass du die Polizei rufen sollst.* Selbst wenn sie sich bei dem Schuss getäuscht hatte und es sich wirklich um einen Donnerschlag gehandelt hatte, so wusste sie noch genau, was Greg gesagt hatte. Außerdem hatte er sie sofort erkannt, als er den Hörer abgenommen hatte. Oder hatte sie zuerst ihren Namen gesagt? *Nein! Oder?* Sie wusste es nicht mehr.

Sie spürte, wie Becky ihren Arm umfasste. »Soll ich lieber allein mit dem Officer gehen?«, fragte sie sanft.

Hannah stand auf. »Nein, schon gut.«

Der Polizist lächelte freundlich. »Wenn Sie mir dann einfach folgen.« Er drehte sich um und ging auf eine Aufzugtür am Ende des Flurs zu.

***

»Kommen Sie herein«, sagte der Mann im weißen Kittel. Er stellte sich als diensthabender Pathologe vor und führte Becky, Hannah und den Officer in einen angrenzenden Raum. Es war das Kühllager, wie sich anhand mehrerer Kühlzellen an der Rückwand herausstellte.

»Keine Angst«, sagte der Pathologe. »Die sind nicht alle besetzt. Seit ich hier arbeite, waren sie das noch nie. Aber man soll ja niemals nie sagen.« Er gluckste kurz, unterdrückte aber ein Lachen, als er das tadelnde Gesicht des Polizeibeamten sah. »Bitte entschuldigen Sie«, brummte er und näherte sich den Boxen, von denen er eine öffnete und die Bahre herauszog. Er legte das Leichentuch um, sodass es dem Toten nur noch bis zum Bauchnabel reichte. Der zerstörte Schädel war mit einem weiteren Tuch aus Plastik bedeckt. Es war deutlich zu erkennen, dass nicht mehr viel vom Kopf übrig war, da der Überzug unmittelbar nach dem Kinn abflachte.

Hannah presste die Hand vor den Mund.

»Können Sie uns einen Moment allein lassen, meine Herren?« Beckys Blick war versteinert.

»Selbstverständlich«, antwortete der Officer und verließ mit dem Pathologen den Raum.

Hannah starrte auf den Körper, dessen Hemd blutgetränkt war. Es war eindeutig Gregs Hemd, dass sie ihm für die Reise eingepackt hatte.

»Warum ist er noch angezogen?«, flüsterte sie.

Becky entdeckte die Überwachungskamera unter der Decke. Hatten die Angst, dass die Toten von hier abhauten?

Sie sah, dass Hannah das sagen wollte, was auch sie sofort bemerkt hatte, und ging schnell um die Bahre herum, um den Arm um sie zu legen und sie an sich zu ziehen. »Es ist so schrecklich«, wimmerte sie laut. Sie drückte ihr Gesicht an Hannahs Ohr. »Mach einfach mit!«, flüsterte sie.

Kurz sah Hannah sie fragend an, dann schien sie zu verstehen und begann leise zu weinen.

Becky führte sie unter Schluchzen zur Tür. Als sie diese öffnete, standen die beiden Männer gegenüber an die Wand gelehnt. Sie brachen ihr Gespräch ab und der Pathologe ging schweigend an Becky und Hannah vorbei. Kurz darauf hörte man das metallische Geräusch der Kühlzellentür, die geschlossen wurde.

»Bitte entschuldigen Sie, Officer. Können Sie uns aus dem Gebäude bringen?«

»Gewiss. Ich möchte Ihnen noch einmal mein tiefstes Beileid kundtun.«

Becky nickte und drückte Hannah fester an sich, die herzergreifend schluchzte.

Als sie wenig später durch den Flur des Polizeireviers in Richtung Ausgang gingen, sah Becky den Inspektor in seinem Büro telefonieren.

»Möchten Sie noch mit Inspektor Kramer sprechen?«, fragte der Officer, der Beckys Blick bemerkt hatte.

»Nein danke«, sagte diese. »Ich möchte mich nun um Mrs. McLane kümmern. Wenn man erkennt, dass etwas endgültig ist, dann bricht häufig eine Welt zusammen.«

»Das kann ich absolut nachvollziehen. Alle offenen Fragen in Bezug auf die Bestattung können später geklärt werden. Haben Sie vor, heute wieder nach Hause zu fahren?« Der junge Polizist blickte verständnisvoll und traurig.

»Das weiß ich noch nicht«, sagte Becky. »Aber ich denke, dass wir uns für heute Nacht ein Hotelzimmer suchen werden.«

»Hier in Sherwood werden Sie nichts finden. Fahren Sie einfach rüber nach Appleton. Wenn Sie was Kostengünstiges und Sauberes suchen, kann ich Ihnen das Hilton Garden Inn empfehlen. Warten Sie kurz, ich schreibe Ihnen die Adresse auf.«

Becky wippte ungeduldig mit dem Fuß, während der Polizist einen Zettel von einem Notizblock abriss und etwas daraufkritzelte. Als er endlich damit fertig war, nahm sie die Notiz entgegen, bedankte sich und verließ mit Hannah das Revier.

***

»Was sollte diese Scheiße?«, wütete Hannah, als sie im Wagen saßen. »Dieser Inspektor verarscht uns doch nach Strich und Faden. Das war niemals Greg. Hast du die Hände gesehen?«

Becky legte ihr eine Hand auf den Arm. »Auf die Hände habe ich nicht geachtet, aber ich habe die Füße gesehen.«

»Warum erzählt er uns diesen Quatsch mit der DNS? Es muss ihm doch klar sein, dass …« Sie stockte und starrte Becky mit großen Augen an. »Seine Füße?«

Becky nickte. »Wenn ihm in der Zwischenzeit kein zweites Bein gewachsen ist, dann haben wir es hier mit einer verdammt üblen Sache zu tun.«

Hannah überlegte kurz. »Natürlich! Sie wussten nichts von seiner Prothese. Wenn er eine Hose trägt, fällt es so gut wie gar nicht auf.«

»Genau das denke ich auch. Was immer dieser Inspektor versucht, uns weiszumachen: Sie haben scheinbar nicht damit gerechnet, dass wir uns die Leiche wirklich ansehen.«

»Vielleicht doch«, antwortete Hannah. »Wenn sie nichts von dem Bein wussten, hatten sie ja auch nichts zu befürchten.«

»Stimmt. Da hast du recht.« Becky schürzte die Lippen. »Wir müssen rausfinden, was mit Greggi geschehen ist. Kannst du dir vorstellen, dass sie ihn woanders begraben haben?«

Hannah senkte den Blick. Sie spürte, wie sich ein schleichender Schmerz in ihrem Kopf ausbreitete. Alles war so verwirrend. War es denn nicht schlimm genug, dass sie ihren Mann verloren hatte? Warum zog man hier ein derart perfides Spiel mit ihnen ab? Und das Allerschlimmste, was sie nicht im Geringsten nachvollziehen konnte: Warum war die Polizei involviert? War es nur dieser Inspektor oder das gesamte Revier?

Becky startete den Motor und holte damit Hannah aus ihren Gedanken.

»Was hast du vor?«, fragte die.

»Wir werden deinem Schwiegervater einen Besuch abstatten.«

Hannah sah sie entsetzt an. »Er hat Greg ermordet!«

»Vermutlich. Aber wir brauchen Beweise, um damit zu einer neutralen Polizeidienststelle zu gehen.«

»Darf denn eine andere Dienststelle hier überhaupt ermitteln?«

Becky schüttelte den Kopf, während sie den Wagen vom Parkplatz fuhr. »Notfalls wenden wir uns an die Staatsanwaltschaft. Die werden wissen, was in diesem Fall zu tun ist.«

»Ich habe ihn noch nie gesehen«, murmelte Hannah.

Becky wusste, von wem sie sprach. Auch sie war Henning McLane nur einmal begegnet, und zwar auf der Hochzeit ihrer Schwester. Becky hatte schon damals ein ungutes Gefühl gehabt, als sie in die kalten Augen dieses Mannes geblickt hatte. Aber sie hatte nichts gesagt; Elli war so verdammt verliebt gewesen. Außerdem war sie im sechsten Monat mit Greggi schwanger gewesen.

Nun stand der nächste Besuch bevor. Elli und Greggi waren tot und sie musste zum zweiten Mal in ihrem Leben in diese Augen blicken. In die Augen des Mörders ihres Neffen, der gemeinsam mit der hiesigen Polizei versuchte, dieses Verbrechen zu vertuschen.

»Denkst du, er wird uns überhaupt empfangen?«

Hannah sprach derart leise, dass Becky sie kaum verstehen konnte.

»Warum sollte er es verbieten? Schließlich bist du die Frau seines Sohnes. Und der hatte angeblich einen tödlichen Autounfall. Du musst einfach die trauernde Witwe spielen und ich die Tante, die mit ihm über die Beerdigungsformalitäten sprechen möchte. Warum sollte er etwas dagegen haben?«

»Wenn ich daran denke, dass Greg nicht mehr da ist, dann muss ich nichts spielen. Wenn ich aber daran denke, seinem Mörder gegenüberzustehen, dann muss ich mich beherrschen, ihm nicht die Kehle aus dem Hals zu reißen.« Hannah begann zu weinen. Leise zunächst, doch je mehr sie über die Sache nachdachte, umso lauter wurde sie. Immer wieder schlug sie mit der Faust auf das Armaturenbrett.

Becky ließ sie gewähren, konnte sie ihren Gemütszustand doch nur allzu gut nachvollziehen. Sie hätte sich selbst gern ihrer Trauer und Wut hingegeben, aber sie wusste auch, dass jemand die Kontrolle behalten musste. Zumindest so lange, bis sie alles geklärt hatten.

Als sie gute fünfzehn Minuten später die Auffahrt zur Villa hinauffuhren, fühlte Becky sich für einen kurzen Moment an jenen Tag zurückversetzt, als sie hier das erste und gleichzeitig letzte Mal entlanggefahren war: Ellis Hochzeitstag. Schnell schüttelte sie die Gedanken ab.

Das Gebäude, das kurz darauf zwischen einigen Kiefern und Laubbäumen auftauchte, war heruntergekommen. Daran konnte auch der Sonnenschein nichts ändern. Lediglich der angrenzende See funkelte in seiner unschuldigen Schönheit und Pracht.

Becky parkte den Wagen unweit des Hauses. Noch vor einem Tag hatte an genau dieser Stelle Gregorys Ford gestanden, aber das wusste keine der beiden Frauen.

Becky stellte den Motor ab und augenblicklich wurden sie von einer alles einnehmenden Stille umhüllt.

»Mach mal das Handschuhfach auf«, sagte sie. »Und gib mir die Waffe.«

Hannah tat, worum sie gebeten wurde. »Du hast eine Waffe?«

Becky nahm den Revolver entgegen und steckte ihn in ihre Handtasche. »Er hat mal deinem Mann das Leben gerettet«, sagte sie leise.

»Greg hat mir davon erzählt, obwohl er sich selbst nicht mehr daran erinnern konnte. Er sagte immer, seine Erinnerungen wären wie Wasser in einem ausgetrockneten See.« Hannah klang melancholisch und kurz blickte sie verträumt zum Autodach.

»Der verschwundene See«, murmelte Becky.

»Was?«, fragte Hannah.

»Ach, nichts. Greggi hat es oft so genannt: der verschwundene See der Erinnerungen. Manchmal war er ein kleiner Poet.« Jetzt lief auch Becky eine Träne über die Wange. Schnell wischte sie sie mit dem Unterarm weg. »Lass uns in die Höhle des Löwen gehen«, sagte sie und stieg aus.

Kapitel 3

Als sie auf dem von Unkraut überwucherten Weg auf das Gebäude zugingen, stieß ein Vogel einen Schrei aus, der über den See hallte. Becky und Hannah zuckten zusammen, da es bis jetzt der einzige Laut – außer dem Knirschen ihrer Schuhe auf dem Kies – war.

Hannah warf einen Blick zum See, der ihr trotz seines Glanzes auf eine unbestimmte Art unheimlich war. Kurz kam ihr der erschreckende Gedanke, dass man Gregs Leiche dort versenkt haben könnte, was augenblicklich dazu führte, dass ihr Blick glasig wurde. Schnell wandte sie ihn ab.

»Geht es?«, fragte Becky, die neben ihr ging.

Hannah nickte.

Sie erreichten die breite Tür und sahen sich an.

»Tun wir das Richtige?«, fragte Hannah.

»Das wissen wir erst danach«, antwortete Becky und betätigte den Knopf der Klingel.

Das schrille Scheppern war selbst hier draußen zu hören. Wieder kreischte ein Vogel, diesmal weiter weg.

Die beiden Frauen warteten und als sich nichts tat, drückte Becky ein zweites Mal.

»Es scheint niemand da zu sein«, sagte sie nach einer Weile.

Sie sind damit beschäftigt, Greg zu begraben, schoss es Hannah durch den Kopf. Sie versuchte, nicht weiter drüber nachzudenken, aber irgendwie blieb dieser Gedanke kleben wie ein angetrockneter Fettfleck. Das Atmen fiel ihr schwer und sie spürte den Schweiß, der ihr aus allen Poren schoss. Kurz wurde ihr schwindelig und sie stützte sich an der Tür ab.

Sofort griff Becky nach ihrem Arm. »Willst du dich hinsetzen?«

Hannah ließ sich zur Treppe führen und setzte sich auf die obere Stufe. Sie ließ den Kopf sinken und genoss die kühle Luft, die ihr Becky mit den Händen zufächelte.

»Und was machen wir nun?«, fragte sie, als es ihr wieder besser ging.

»Wir können uns ja mal umsehen. Vielleicht gehen wir runter zum See und erfrischen uns.«

»Das ist eine gute Idee«, keuchte Hannah und erhob sich mühsam.

Die Sonne stand am wolkenlosen Himmel und brannte mit einer unbändigen Kraft auf die beiden Frauen herab, die wenig später den platt getretenen Weg erreichten, den auch Gregory am Tag zuvor gegangen war. So wie er machten auch sie sich auf in Richtung der imposanten Wasserfläche, die unschuldig in der Sonne glitzerte. Bereits nach wenigen Metern tauchte ein breiter Pfad auf, der nach links zum seitlichen Teil des Hauses führte.

Hannah und Becky sahen gleichzeitig das Grab mit dem Holzkreuz und blieben abrupt stehen. Sie schauten sich an und jede von ihnen wusste, was die andere in diesem Moment befürchtete. Schnell liefen sie auf das Grab zu.

Man musste kein Fachmann sein, um zu erkennen, dass hier vor Kurzem das Erdreich bewegt worden war. Das kniehohe Gras um die Grabstätte herum war platt getreten und Lehm in einem weiträumigen Umfeld verteilt.

»Auf dem Kreuz steht der Name meiner Schwester«, sagte Becky. Ihr Gefühl schwankte zwischen Entsetzen und Verständnislosigkeit. »Wieso hat er hier ein Grab für sie errichtet?«

Hannah sah sie an. »Greg hat erzählt, dass sein Vater das Grab verlegen ließ. Aber ich … ich glaube, dass sie Greg hier begraben haben.« Ihre Lippen zitterten.

Becky sagte nichts. Sie ging um das Grab herum, zog das Kreuz aus dem gelockerten Boden und begann damit, die Erde beiseitezuschieben. Hannah kniete sich ans Fußende und schaufelte mit den Händen. Sie wollte gar nicht wissen, wer oder was hier vergraben war, aber ihre Hände gruben weiter. Es waren zwei Maschinen, die nicht mehr kontrolliert werden konnten.

Hannah musste nicht tief graben, bis sie erschrocken die Arme zurückriss. Mit offenem Mund starrte sie auf das metallische Stück der Prothese, das sich zwischen Fuß- und Wadenelement befand. Greg hatte diese mechanische Gehhilfe immer als Fremdkörper betrachtet und sie genauso behandelt. *»Einen Teufel werde ich tun und auch noch Geld für eine Verkleidung rausschmeißen«*, hatte er gesagt.

Hannah schlug die lehmigen Finger vor den Mund und unterdrückte einen Schrei, der in ihrem Inneren entstand. Es war ein Schrei der Erkenntnis und der Endgültigkeit.

Bis vor wenigen Sekunden war da noch Hoffnung gewesen. Diese winzige Chance, dass sich doch alles um ein Missverständnis handelte. Oder um sonst etwas. Und dass Greg noch lebte. Vor allem, als sie seinen angeblichen Leichnam im Polizeirevier gesehen hatte, bei dem es sich keinesfalls um Greg gehandelt hatte. Ja, genau da war dieser Funke zu einer Flamme geworden. Eine Flamme der Zuversicht, die jetzt, da sie auf seine Prothese starrte, erlosch, als hätte man sie in einen Eimer mit Wasser getaucht.

Zum ersten Mal dachte sie an die Auswirkungen für ihr gemeinsames Kind. Es würde ohne seinen Vater aufwachsen. Der gesamte Rest ihres Lebens würde ohne Greg stattfinden, und irgendwann würde das Kind fragen, was mit seinem Dad passiert war.

Becky legte das Kreuz zur Seite, als sie den Kopf freigelegt hatte, der nur noch aus einer breiigen Masse mit ein paar Haaren bestand. Definitiv das Werk einer großkalibrigen Waffe. Hannah hatte also recht gehabt. Ihr Greggi war tot und die Polizei war in diese Vertuschungsaktion involviert.

Auf allen vieren kroch sie um das Grab herum, jedoch nicht, ohne zuvor etwas Erde auf das zerstörte Gesicht ihres Neffen geschoben zu haben, um Hannah zu umarmen. Gemeinsam nahmen sie sich die Zeit zu weinen.

Zwar leise nur, aber es tat gut, endlich Gefühle zeigen zu dürfen.

Nach einer ganzen Weile hob Hannah den Kopf. Ihre Augen waren gerötet, aber Becky erkannte noch etwas anderes in ihnen; irgendwie schienen sie sich zu verwandeln. Die Trauer verschwand und machte Platz für etwas, das Becky erschreckte. Es war purer Hass, der aufloderte.

»Gibst du mir deine Waffe?«, krächzte sie.

Becky umfasste die Schultern ihrer Freundin, die unter ihren Fingern bebten. »Wir müssen das der Polizei überlassen«, sagte sie sanft.

»Die Polizei steckt mit drin, verdammt noch mal!«, schrie Hannah ihr ins Gesicht und riss sich los.

»Das ist richtig. Trotzdem dürfen wir nicht selbst richten. Das hätte auch Greggi nicht gewollt. Wir werden eine Möglichkeit finden. Ich möchte, dass du jetzt ein paar Fotos von dem Grab machst. Und dann werden wir nachsehen, ob wir irgendwie ins Haus gelangen können, bevor Henning und diese Haushälterin zurückkommen.«

Hannah zog den Rotz hoch, stand auf und zog ihr Handy aus der Hosentasche.

Becky trat zur Seite, sodass Hannah die Fotos schießen konnte.

»Was ist, wenn sie kommen, während wir drin sind?«, fragte Hannah. »Sie dürfen uns erschießen, ohne dafür belangt zu werden. Sie behaupten schlichtweg, dass sie von Einbrechern ausgegangen sind.«

»Deshalb sollten wir uns beeilen. Wir sehen uns einfach den Bereich um das Telefon an. Du bist sicher, dass Greg nicht von einem Mobiltelefon aus gesprochen hat?«

»Ich habe auf dem Festnetz angerufen. Du weißt doch selbst, wie Greg zu Handys steht.« Sie senkte den Blick und fügte leise hinzu: »Stand.«

Als sie ein paar brauchbare Fotos geschossen hatten, bedeckten sie das Grab wieder mit Erde und Becky steckte das Holzkreuz zurück, sodass es zumindest von Weitem so aussah, als wäre es nie berührt worden.

»Komm mit«, sagte Becky und eilte auf den hinteren Bereich der Villa zu. Das kniehohe Gras peitschte über ihre gealterte Haut, unter der sich die ersten Krampfadern gebildet hatten.

Hannah sah noch einmal hinüber zum Parkplatz. »Sollten wir das Auto nicht wegfahren?«, rief sie Becky hinterher.

»Nein. So wissen sie wenigstens, dass wir hier sind.« Sie überlegte kurz. »Na ja, zumindest wissen sie, dass irgendjemand hier ist.« Sie rannte weiter und war wenig später hinter der Hausecke verschwunden.

***

Die Fenster der Villa befanden sich auf der Rückseite gute zwei Meter über dem Boden. Die Option, dass eine der beiden auf die Schultern der anderen stieg, um eine der Scheiben einzuschlagen und ins Haus zu gelangen, war indiskutabel. Becky war nicht mehr die Jüngste und würde Hannah nicht tragen können, und gleichzeitig traute sie sich auch nicht zu, eine derartige Kletterpartie selbst zu übernehmen.

»Vielleicht finden wir da hinten drin eine Leiter«, sagte Hannah und deutete auf einen Holzschuppen am Ende des Gartens.

»Schauen wir es uns an«, antwortete Becky.

Sie liefen durch das hohe Gras und erreichten wenig später den alten Schuppen, dessen einziges Fenster verdreckt und von außen durch ein Gitter gesichert war. Ein handtellergroßes Vorhängeschloss verhinderte ein Eindringen durch die Tür, die sich trotz der Holzkonstruktion als äußerst robust erwies.

»Scheiße!«, fluchte Hannah.

Becky griff in ihre Handtasche und holte den Revolver hervor. »Tritt einen Schritt zur Seite.«

Hannah sah sie mit großen Augen an. »Du kannst doch nicht hier rumballern. Was, wenn es jemand hört?«

»Wer soll es hören? Allem Anschein nach ist ja niemand im Haus. Und wenn doch, dann werden sie mit Sicherheit nachsehen und uns vielleicht sogar fragen, was wir da tun!«

»Oder sie verständigen diesen Inspektor.«

»Oder das.« Becky trat einen Schritt zurück, richtete die Waffe auf das Schloss und drückte ab.

Der Knall hallte über den See und sorgte dafür, dass einige Vögel erbost aufflogen und kreischend das Weite suchten.

Die Frauen blickten hinüber zum Haus, doch dort blieb alles ruhig. Das Schloss lag mit zerschossenem Bügel auf dem Boden.

»Nicht schlecht«, sagte Hannah.

Becky zog die Tür auf, die knarzend über den Boden schabte. Augenblicklich wurden sie von warmem Holzgeruch empfangen.

Das Licht, das durch das milchige Fenster fiel, verwandelte den Innenraum in ein verschwommenes Wirrwarr aus Licht und Schatten. Sofort entdeckte Becky eine ausziehbare Leiter an der rechten Wand. Sie steckte die Waffe zurück in die Tasche und bat Hannah, ihr zu helfen. Gemeinsam brachten sie das Hilfsmittel rüber zum Haus und stellten es an der Wand unter einem der Fenster auf.

Hannah stieg die erste Sprosse hinauf. »Gib mir die Waffe«, sagte sie. »Ich brauche etwas, um die Scheibe einzuschlagen.«

Es dauerte keine zwei Minuten, bis sie in einem geräumigen Esszimmer standen. Rechter Hand befand sich eine offen stehende Tür, die zur Küche führte. Geradeaus schien es in den großen Eingangsbereich zu gehen.

»Ich war erst einmal hier«, sagte Becky, »aber ich meine mich zu erinnern, dass es da lang zum Wohnzimmer geht.« Sie deutete nach vorn. »Damals befand sich dort das einzige Telefon.«

»Greg sagte, dass es eines mit Wählscheibe ist«, sagte Hannah. Die Erinnerung daran tat sehr weh.

»Dann ist es das«, antwortete Becky.

Als sie die Halle durchquerten, war Hannah sprachlos; noch nie zuvor war sie in einem derart prunkvollen Gebäude gewesen. Warum hatte man es von außen nur dermaßen herunterkommen lassen?

Ihr Blick fiel zu einem der imposanten Fenster, die sich rechts und links neben der Tür befanden. Abrupt blieb sie stehen und hielt unbewusst den Atem an. »Scheiße!«, zischte sie, was auch Becky zum Stehenbleiben veranlasste.

Fragend sah sie Hannah an. »Was ist passiert?«

»Da draußen steht ein Auto. Direkt hinter unserem.«

Becky kam heran. Als sie das dunkelgrüne Fahrzeug ebenfalls entdeckte, zog sie Hannah aus dem Sichtfeld des Fensters. Die beiden Frauen drückten sich an die Wand. »Das ist nicht gut«, flüsterte Becky. »Kannst du erkennen, ob jemand darin sitzt?«

Hannah streckte den Kopf vor. »Die Sonne spiegelt sich zu sehr auf den Scheiben«, war ihre Antwort.

Beckys Gedanken rotierten. Wie lange stand der Wagen bereits dort? War es der von Henning und seiner Haushälterin? Aber warum waren sie dann nicht einfach hereingekommen?

Becky zuckte innerlich zusammen. Was, wenn sie sich bereits wieder im Haus befanden? Dann hatten sie mit Sicherheit gehört, wie Hannah und sie durch das Fenster im Esszimmer eingebrochen waren. Mit zitternden Fingern kramte sie die Smith & Wesson aus der Handtasche.

»Denkst du, sie sind hier drin?« Hannah sah sie entsetzt an.

»Ich hoffe nicht.« Becky schaute sich um und entdeckte unendlich viele Möglichkeiten, sich zu verstecken, um mit einer geladenen Waffe im Anschlag auf die vermeintlichen Einbrecher zu warten. Becky konnte beinahe spüren, wie die Kugeln in ihren Körper eindrangen.

›Wir haben sie für gewöhnliche Diebe gehalten‹, würde Henning McLane später aussagen. ›Ich habe das Recht, mein Hab und Gut zu verteidigen.‹

Der ermittelnde Beamte würden sagen: ›Aber Sie hätten die beiden doch nicht gleich erschießen müssen, Mr. McLane.‹

›Sie waren bewaffnet, Officer. Ich musste davon ausgehen, dass sie uns ermorden wollten. Dass es sich bei den beiden um meine Schwiegertochter und meine Schwägerin handelt, wusste ich zu dem Zeitpunkt nicht. Ich hab sie schon ewig nicht gesehen.‹

›Ah, okay‹, würde der Polizist antworten. ›Das ist verständlich.‹ Dann würde er sich seinen Kollegen zuwenden: ›Bringt die Leichen weg, Jungs. Es hat sich alles geklärt.‹

Becky schüttelte sich. Die Waffe in ihrer Hand schien mit jeder Sekunde an Gewicht zuzunehmen.

»Vielleicht sitzen sie auch noch im Auto«, unterbrach Hannah ihre aufkeimende Panikattacke. »Wahrscheinlich haben sie die Polizei verständigt und warten dort auf ihr Eintreffen.«

Becky beruhigte sich etwas. Nach außen hin war ihr nichts anzumerken. »Hoffen wir es«, sagte sie. »Lass uns nach dem Telefon sehen.«

Diesmal wesentlich vorsichtiger und darauf bedacht, dass sie nicht durch die Fenster zu sehen waren, näherten sie sich dem Wohnzimmer, dessen Schiebetüren einen Spaltbreit geöffnet waren. Schon von Weitem nahm Becky den Geruch von Farbe wahr.

»Riechst du das?«, fragte Hannah, der der Geruch ebenfalls nicht entgangen war.

Becky nickte und hielt den Revolver versteckt hinter ihrer Handtasche. Sollte sie irgendjemanden entdecken, der mit einer Waffe auf sie zielte, würde sie jedoch nicht zögern, um ihm, was das Schießen anging, zuvorzukommen. Kurz dachte sie an die Situation vor zwanzig Jahren, als der Kerl mit der Axt neben Greggi gestanden hatte. Nein, Zögern stand definitiv nicht auf ihrer Liste.

Vorsichtig schob Hannah die beiden Türhälften auseinander. Der Farbgeruch nahm an Intensität zu.

Der Raum, den sie nun betraten, war mit antiken Möbeln bestückt, die dem Ganzen einen warmen Charakter verliehen. Ein offener Kamin lud zum Verweilen an kalten Wintertagen ein, ebenso wie das gemütliche Sofa.

All das interessierte die beiden Frauen nicht. Beinahe gleichzeitig entdeckten sie die sogenannte Telefonecke. Ein kniehohes Tischchen, auf dem ein Telefon mit

Wählscheibe stand, daneben ein gemütlicher Ohrensessel und eine Stehlampe.

Und nun wussten sie auch, woher der Geruch nach Farbe stammte. Die Wand hinter dem Telefon war augenscheinlich neu gestrichen worden. Zwar glich die Farbe der des übrigen Raums, doch sie wirkte um ein Vielfaches frischer.

Becky und Hannah näherten sich der Wand, während Hannah das Handy hervorholte. Sie wischte die Tränen, die unkontrolliert über ihre Wangen liefen, mit dem Handrücken weg. Als das nichts nutzte, ließ sie sie einfach laufen.

Mit zitternden Knien blieb sie stehen und starrte auf die verputzten Löcher in der Wand, die mit hoher Wahrscheinlichkeit von Schrotkugeln stammten. Dies war also der Ort, an dem ihr Mann gewesen war, als sie das letzte Mal mit ihm gesprochen hatte. Der Ort, an dem er kurz darauf ermordet worden war.

»Ruf die Polizei!«

Seine Stimme war allgegenwärtig und sorgte dafür, dass ihr jegliche Bewegung schwerfiel. Selbst die ihres Herzens, die sie nicht einmal bewusst steuern konnte.

Hannah spürte, wie ihr jemand vorsichtig das Telefon aus der Hand nahm. Sie hörte den digitalen Auslöser, als Becky die Fotos schoss.

»Das sollte als Beweis ausreichen«, sagte sie. »Lass uns verschwinden.«

In diesem Moment wurde draußen eine Autotür zugeschlagen.

Kapitel 4

Inspektor Dave Kramer saß an seinem Schreibtisch und blickte auf den Monitor, der ein Bild des Aufbewahrungsraums für Leichen zeigte. Franklin, der Pathologe, führte die beiden Frauen hinein und zog sich wenig später, nachdem er den Toten herausgeholt hatte, mit Officer Pickert zurück.

Kramer nahm den Telefonhörer und wählte Henning McLanes Nummer, die unter der Kurzwahl 1 gespeichert war.

»Ja?« Es hatte einmal getutet.

»Sie sind gerade bei dem Toten«, sagte Kramer.

»Dann wissen sie also Bescheid!« McLane räusperte sich, was in einem kurzen Hustenanfall endete.

Kramer wartete und beobachtete unterdessen die Frauen, die sich umarmten. Die Alte hatte zuvor unauffällig in die Kamera geschielt; sie wusste also, dass sie beobachtet wurden. Sehr gut. Somit würden sie davon ausgehen, dass sie sich nicht an die Polizei wenden konnten, da er ihnen die DNS-Story aufgetischt hatte, die sich in diesem Moment als Lüge herausstellte. Kramer lächelte. Er fragte sich, was er getan hätte, wenn sie seine Geschichte geglaubt und sich wieder auf den Heimweg gemacht hätten.

»Wissen sie Bescheid?« Das war wieder McLane.

»Ja, sie wissen es.«

Die beiden Frauen verließen zusammen mit Officer Pickert den Raum.

»Und Sie sind sicher, dass die nicht zu Ihnen kommen und Sie rund machen wegen des Schmus, den Sie ihnen aufgetischt haben?«

Kramer grinste erneut. »Es wird so laufen, wie wir es geplant haben. Ist das Grab auffällig genug?«

»Wenn sie das nicht finden, gehören sie im See ertränkt wie räudige Katzen.« McLane lachte trocken.

»Dann verschwinden Sie dort«, sagte Kramer.

»Und was ist, wenn sie nicht kommen? Sie könnten doch zurückfahren und dann Kontakt mit dem FBI aufnehmen.«

Inspektor Kramer stieß die Luft aus. »Wie lange machen wir das jetzt schon, McLane? Verlassen Sie sich also auf mich. Ich kenne mich mit Menschen aus, und die beiden haben wir genau dort, wo wir sie haben wollen.«

»Ihr Wort in Gottes Ohr«, sagte der Alte und beendete die Verbindung.

Auch Kramer legte den Hörer auf. Er würde in die Kantine gehen und das lange fällige Frühstück nachholen. Er ging davon aus, dass McLane ihn nicht vor Ablauf von einer Stunde zurückrufen würde.

***

Es wurden sogar zwei Stunden, bis sich sein Handy lautstark meldete.

»Sie sind jetzt drin«, sagte McLane.

Kramer hätte sich am liebsten auf die Schenkel geschlagen. Er war ja so verdammt gut in dem, was er plante.

»Und Sie beide befinden sich im Wagen?«

»Ja, wie abgemacht. Meredith hat direkt hinter dem Auto meiner Schwägerin geparkt. So kommen sie nicht mehr so einfach weg.«

Kramer meinte, einen erfreuten Unterton in der Stimme seines Gesprächspartners gehört zu haben. »Ich mache mich auf den Weg.«

Er stand auf, steckte sich das verschwitzte Hemd in die Hose und verließ sein Büro. Auf dem Weg zu seinem Dienstwagen meldete er sich bei Officer Pickert ab, der das nickend zur Kenntnis nahm, ohne es zu hinterfragen. Schließlich wurde auch sein Gehalt stattlich aufgebessert.

Während der gut fünfzehnminütigen Fahrt zur Villa ging er noch einmal seinen Plan durch. Er durfte weder die Alte noch McLanes Schwiegertochter verletzen.

»Was wollen Sie mit der Schreckschraube?«, hatte Kramer gefragt, als er gemeinsam mit McLane an dessen Esstisch gesessen hatte.

»Nehmen Sie es einfach hin«, hatte der Alte gekrächzt. Seine Haushälterin hatte ihm ein Sauerstoffgerät hingestellt, aber Kramer glaubte nicht, dass er das überhaupt brauchte. Er wusste, wie sich eine Lungenkrankheit im Endstadium anhörte. Sein eigener Vater war daran elendig verreckt und hatte der Familie damit einen großen Gefallen getan. Definitiv war McLane fitter, als er alle

glauben machen wollte. Aber das sollte Kramer egal sein. Solange die monatliche Kohle floss, konnte der Alte von ihm aus so tun, als würde er nur noch aus Krebszellen bestehen.

Okay, auch die alte Schachtel sollte also zunächst überleben. Kramer ging davon aus, dass sie auf der Rückseite des Gebäudes eingebrochen waren, nachdem sie die Leiche entdeckt hatten. Er hatte zunächst überlegt, die Leiter direkt unter eines der Fenster zu legen, aber das wäre vielleicht selbst für die beiden naiven Weiber zu offensichtlich gewesen.

»Gehen wir einmal davon aus, meine Schwiegertochter und Schwägerin kommen tatsächlich zum Haus und entdecken das Grab«, hatte McLane weitere Bedenken geäußert. *»Warum sollten sie nicht spätestens dann wieder verschwinden?«*

Kramer hatte sich unter dem Tisch unauffällig den Sack gekratzt. Er hasste es, wenn jemand jeden Furz hinterfragte. Dennoch hatte er gelächelt und gesagt, dass die beiden noch einen Beweis brauchten, dass Gregory in der Villa erschossen wurde. *»Sie werden davon ausgehen, dass wir die Leiche verschwinden lassen und sie dann nichts mehr in der Hand haben.«*

»Wenn es nach mir ginge«, hatte McLane schnaufend gesagt, *»würde ich beiden eine ordentliche Ladung Schrot verpassen und sie bei den anderen im See verrotten lassen.«*

»Wär mir auch lieber«, hatte Kramer geantwortet.

Jetzt bog er den Dienstwagen in die Straße, die zur Villa führte. Er würde ihn direkt beim Haus abstellen und dann nach hinten laufen, um den Frauen den Rückweg abzuschneiden. McLane und seine Haushälterin, die er mit Sicherheit bei jeder Gelegenheit fickte, sollten dann durch die Vordertür reingehen. *»Halten Sie Ihre Schrotflinte am besten direkt im Anschlag«*, hatte Kramer gesagt. *»Das macht Eindruck.«*

Die beiden Männer hatten laut und lange gelacht und dabei hatte Kramer sich wieder bestätigt gefühlt, dass der Alte mit seiner Krankheit nur simulierte. Keine Ahnung, warum er das tat.

Kapitel 5

Becky und Hannah sahen den alten Mann, der mit einer Schrotflinte bewaffnet auf das Haus zukam. »Das ist dein Schwiegervater«, sagte Becky leise. »Und die Frau hinter ihm ist Meredith, die Haushälterin. Gott, sind die beiden alt geworden.«

»Vielleicht sollten wir einfach die Tür öffnen und ihnen alles erklären«, flüsterte Hannah.

»Nichts da. Hier läuft etwas verdammt falsch. Warum haben die so lange im Auto gewartet? Wir werden hinten raus verschwinden, bevor sie reinkommen.«

Sie rannten durch die Halle und liefen ins Esszimmer, wo sie sahen, wie sich die Leiter bewegte. Becky zog Hannah am Arm in den angrenzenden Raum.

Im selben Moment erklang die ihnen wohlbekannte Stimme des Inspektors. »Hier hinten wurde eingebrochen. Passen Sie auf, Mr. McLane. Wenn vorn einer rauskommt, riskieren Sie nichts. Schießen Sie!«

Das Krächzen eines Funkgeräts folgte: »Ich schieße jeden über den Haufen, der sich an meinem Eigentum zu schaffen macht, Inspektor. Darauf können Sie Gift nehmen.«

Becky sah sich in der geräumigen Küche um. Da war das große Fenster, das jedoch ebenfalls nach hinten hinausführte. Also keine Option.

In der Eingangshalle wurde die Tür geöffnet. Aus Kramers Funkgerät krächzte es: »Wir sind jetzt drin.«

»Sehen Sie im Wohnzimmer nach«, antwortete der Inspektor.

Becky zog Hannah zur Tür, die sich neben einem der Küchenschränke befand. Als sie sie öffnete, flammte eine Lampe am unteren Ende einer steilen Treppe auf.

»Los, da runter!«, zischte sie und schob Hannah auf die Stufen. Sie folgte ihr und zog die Tür so leise wie möglich hinter sich ins Schloss.

»Was machen wir hier unten?«, fragte Hannah, als sie das Ende der Treppe erreicht hatten. Ein langer Gang führte in das Kellergewölbe, das nur spärlich beleuchtet war.

»Wir versuchen, einen Ausgang zu finden«, antwortete Becky, den Revolver in der Hand und jederzeit bereit, ihn im Notfall auch einzusetzen. Ihr war ganz und gar nicht wohl dabei, dass sie ihre schwangere Freundin in eine derart gefährliche Situation gebracht hatte.

Sie hörten Schritte, was darauf hindeutete, dass jemand oben durch die Küche ging.

Becky zeigte den Gang hinunter und die Frauen beeilten sich, aus dem Blickfeld zu kommen, falls der Inspektor die Tür öffnen sollte.

Nachdem sie das Ende des Gangs erreicht hatten, hörten sie tatsächlich, dass jemand in den Keller kam. »Ich sehe mich unten um«, rief Kramer ins Mikrofon. Auffällig laut, wie Becky fand. Er weiß, dass wir hier sind, und spielt mit uns. Becky überlegte kurz, ob sie hinter einer der Ecken warten sollte, um den Kerl unschädlich zu machen, aber das würde – sofern es überhaupt funktionierte – nur die beiden anderen herlocken.

Der Gang, vor dem sie standen, führte nach rechts und links. Die beiden Frauen entschieden sich für die rechte Seite. Sie liefen an einer Tür mit Briefschlitz vorbei, ohne sie zu registrieren. Weit vor ihnen befand sich eine Metalltür, die sie ansteuerten.

Keuchend erreichten sie sie, nur um festzustellen, dass sie verschlossen war.

Hektisch sah Becky zurück und richtete die Waffe in die Richtung, aus der sie gekommen waren. Sie erwartete, jeden Augenblick den Inspektor zu sehen, und nahm sich vor, zu schießen, sollte er auftauchen. Sie wollte ihn nicht verletzen und erst recht nicht töten, aber er sollte wissen, dass sie bewaffnet und auch bereit war zu schießen. Und sollte das Henning und diese Meredith herlocken, konnte sie immer noch überlegen, wie sie sich zur Wehr setzen würde. Doch niemand kam, und so erreichten sie wenig später abermals die Tür mit dem verschließbaren Briefschlitz.

Hannah drückte die Klinke hinunter. Die Tür öffnete sich mit einem leisen Quietschen, das Hannah derart erschreckte, dass sie zusammenzuckte, weil sie nicht damit gerechnet hatte.

Becky nickte in den Raum, der sich vor ihnen auftat, und die Frauen huschten hinein.

***

»Wir haben es geschafft«, sagte Kramer leise, als Henning McLane und Meredith auf ihn zukamen. »Sie sind drin.« Er hatte den Hausbesitzer über Funk herbeordert, als er hörte, dass sich die Frauen im Keller befanden. Sie waren sogar in die korrekte Richtung gelaufen.

McLane zog eine Fernbedienung aus der Tasche und verriegelte das Schloss zum ›Raum der Entscheidungen‹, wie er ihn liebevoll nannte.

»Gute Arbeit, Inspektor.«

Kramer lächelte. Ja, ohne sich selbst zu sehr loben zu wollen, aber es war wirklich gute Arbeit, die er da geleistet hatte. »Ich hätte sie zwar einfach erschossen, aber Sie sind der Boss.«

»Bleiben Sie zum Essen, Dave?«, fragte Meredith. »Ich lasse mir etwas Schönes einfallen.«

»Da werde ich nicht Nein sagen«, antwortete der Inspektor.

Gemeinsam verließen die drei den Keller.

Kapitel 6

Als Hannah das Klacken des Schlosses hinter ihrem Rücken hörte, wusste sie, dass sie einen gewaltigen Fehler gemacht hatten.

Becky stürmte zurück zur Tür und stellte fest, dass sich auf dieser Seite keine Klinke befand. Sie drehte den Kopf und Hannah erkannte, dass auch sie verstand. Sie saßen in der Falle.

Der Raum, in dem sie sich befanden, war von seinen Ausmaßen gewaltig. Zwei unscheinbare Fenster mit milchigen Scheiben waren an einer Wand knapp unterhalb der Decke. Nur wenig Licht fiel in den Raum, sodass Details des hinteren Bereichs im Dunkeln lagen. Alles wirkte gespenstisch und Hannah kam es vor, als würde ein schwarzer Schlund nur darauf lauern, dass sie sich ihm näherten, um dann zuzuschnappen.

An der linken Seite entdeckte sie eine Tischkreissäge, und als sie genauer hinsah, zog sich ihr der Magen zusammen. »Scheiße! Ist das Blut?« Die Frage war mehr an sie selbst gerichtet als an Becky.

»Sieht so aus«, sagte diese und näherte sich dem offenbar zweckentfremdeten Werkzeug.

Hannah folgte ihr und sah kurz darauf das gesamte Ausmaß des Grauens. Das Blut war bis hinüber zur Wand gespritzt, an der es einen länglichen Streifen hinterlassen hatte, der in Form einzelner Tränen zurück zum Boden geflossen war. Inzwischen war alles getrocknet und hatte einen rostfarbenen Ton angenommen.

Faulende Fleischfetzen zierten das Sägeblatt und verbreiteten einen süßlichen Geruch.

»Ich hoffe, es war nur ein Tier«, keuchte Hannah.

Becky sah sie ungläubig an, sagte aber nichts.

Ein leises Geräusch aus dem dunklen Bereich des Raums ließ die Frauen erstarren. Schemenhaft konnten sie erkennen, dass sich dort etwas befand.

Wir sind nicht allein hier unten!, durchfuhr es Hannah.

Becky zielte mit der Waffe in die Dunkelheit. »Hat dein Handy eine Taschenlampe?«, flüsterte sie.

Hannah nickte und holte das Smartphone hervor. Sie betätigte die Lichtfunktion und vor ihren Füßen entstand ein heller Kreis. Wieder hörte sie das Geräusch und wieder zuckte sie innerlich zusammen. *Ob es sich um ein Tier handelt? Sollen wir hier unten als Futter dienen?* Der Lichtschein auf dem Boden begann zu zittern.

»Leuchte da vorn hin!«, flüsterte Becky. Hannah sah, dass sich die Hände, mit denen die alte Frau die Waffe umfasste, nicht bewegten, und beneidete sie um ihre Nerven.

Becky trat ein Stück zur Seite und machte Hannah den Weg frei. Diese hob die Hand und der Lichtstrahl des Handys erhellte einen großen Teil des hinteren Bereichs. Hannah rechnete damit, dass ein auf der Lauer liegender Bär oder Wolf in dem Moment auf sie zuspringen würde, sobald sie ihn mit der Handylampe blendete. Wenn sie

Glück hätte, würde er ihr direkt in die Kehle beißen, sodass sie schnell verblutete. Wie schlimm musste es sich hingegen anfühlen, wenn die Bestie sich zunächst über ihre Extremitäten hermachte. Kurz dachte Hannah an Greg, der eine ähnlich grausame Erfahrung bereits im Kindesalter hatte durchmachen müssen. Wie sehr sie ihren Mann vermisste …

»O mein Gott«, murmelte Becky.

Auch Hannah erkannte, was der Lichtstrahl ihnen offenbarte. Dort stand ein Käfig – vermutlich für einen sehr großen Hund – und in diesem lag eine Person.

Hannahs Augen wurden groß, ihre Hand zitterte dermaßen stark, dass sie sich anstrengen musste, den Käfig nicht aus den Augen zu lassen. Beinahe gleichzeitig rannten die beiden Frauen auf den Zwinger zu, denn sie hatten es gesehen: Der Person darin fehlte das rechte Bein.

***

Hannah streckte die Arme zwischen den Gitterstäben hindurch. Sie weinte und lachte gleichzeitig. Becky bemühte sich unterdessen, das Schiebeschloss zu öffnen, was aber nicht funktionierte. Auch ihr liefen die Tränen.

Als ihr die Erfolglosigkeit ihres Tuns bewusst wurde, versuchte sie, die scheinbar bewusstlose Person mit den Händen zu erreichen. Dabei kam ihr immer nur das gleiche Wort über die Lippen: »Greggi.«

Die Frauen sahen sich an – beide tränenverschmiert – und lachten. Die Situation, in der sie sich befanden, war für einen kurzen Augenblick in den Hintergrund gerückt.

Hannah zog die Arme zurück, krabbelte auf allen vieren um die Gitter herum und berührte die Wange ihres Mannes von der Seite des Käfigs. Ihre Lippen zitterten, als sie die Wärme seiner Haut in sich aufnahm. Es sah aus, als würde er friedlich schlafen, aber vermutlich hatten sie ihn betäubt.

Greg lebt! O lieber Gott, ich danke dir!

Plötzlich flackerte eine Neonröhre an der Decke auf und erhellte die Szenerie. Ein kurzes, statisches Fiepen drang durch den Raum. Dann eine tiefe, verstellte Stimme: »Wie rührend! Die Familie hat zueinandergefunden.«

Hannah nahm die Worte kaum wahr, so sehr war sie auf Greg konzentriert, dessen Finger in kurzen Abständen zuckten. Auf seinen Lippen lag ein sanftes Lächeln. Ob er träumte?

Becky hingegen hörte die Lautsprecherstimme nur allzu gut, und ein kalter Schauer zog sich über ihren alten Körper.

Sie krallte die Finger fester um die Waffe, als hätte sie Angst, dass diese ihr aus der Hand rutschen könnte. Gleichzeitig achtete sie darauf, dass der Revolver nicht zu sehen war, denn sie ging davon aus, dass man sie hier beobachten konnte. Eine Kamera hatte sie allerdings noch nicht entdecken können.

Instinktiv wusste sie, dass noch lange nicht alles ausgestanden war. Falls das überhaupt jemals der Fall sein würde. Man hatte ihren Neffen, dessen Frau und sie selbst in diesem Keller eingesperrt. Und das mit Sicherheit nicht ohne Grund.

»Ihr habt eine Chance, hier heil herauszukommen«, quäkte der Lautsprecher.

Jetzt hatte auch Hannah die Stimme wahrgenommen. Sie hob den Kopf und sah Becky fragend an. »Wer ist das?«

»Dreimal darfst du raten«, antwortete Becky. Dann brüllte sie in den Raum hinein: »Lass uns hier raus, Henning McLane!«

»Ihr habt genau drei Stunden Zeit, um eine Aufgabe zu in die Tat umzusetzen«, fuhr die Stimme aus dem Nichts fort. »Schafft ihr es, seid ihr frei. Schafft ihr es nicht, werdet ihr nach Ablauf erschossen.«

»Was soll denn die Scheiße?«, fauchte Hannah.

Becky stand langsam auf. »Ich habe ein verdammt ungutes Gefühl. Ich glaube, man hat uns mit Absicht hierhergelockt.«

Hannah sah sie von unten her an. »Wie meinst du das?«

»Denk mal drüber nach. Die Geschichte mit der Leiche. Ihnen war klar, dass wir den Schwindel bemerken würden. Und genauso klar war es, dass wir danach zur Villa fahren würden, um zu erfahren, was dahintersteckt.«

»Aber mussten sie nicht damit rechnen, dass wir sofort zur Polizei gehen?«

»Nein«, antwortete Becky. »Es war eindeutig, dass die in die Sache verwickelt sind. Zumindest der Inspektor. Und wer hätte sagen können, wer von seinem Team noch dabei ist? Also mussten Beweise her. Und deshalb wussten sie, dass wir hier danach suchen würden.« Becky dachte kurz nach. »Sie gingen davon aus, dass, sollten wir niemanden antreffen, wir uns umsehen und das Grab entdecken würden. Und wenn wir Greggis Prothese finden, würden wir denken, dass es sich bei der Leiche auch um Greggi handelt.«

»Was wir ja auch getan haben«, fügte Hannah hinzu.

»Richtig. Wir mussten also nur noch einen stichhaltigen Beweis finden, dass er hier im Haus ermordet wurde. Und als wir drin waren, kamen sie, um uns in den Keller zu treiben. Wie verängstigtes Wild bei einer Jagd.«

Hannahs Hand lag noch immer auf Gregorys Wange. Sie spürte, dass er bald aufwachen würde. »Wenn du recht hast«, sagte sie an Becky gewandt, »frage ich mich, was sie damit bezwecken. Ich meine, was wollen sie hier unten mit uns? Es muss ihnen doch klar sein, dass man uns vermissen und nach uns suchen wird.«

»Wer denn? Und selbst wenn, dann würden auch wir einen Unfall haben.«

Durch den Briefschlitz an der Tür fielen Umschläge in den Raum. Abermals ertönte das statische Fiepen, bevor die verzerrte Computerstimme sagte: »Ich unterbreche ungern eure Aneinanderreihung von Thesen, aber die Zeit läuft ab jetzt. Sucht euch einen der Umschläge aus und schiebt die anderen wieder zurück. Der Umschlag darf erst geöffnet werden, wenn ich es sage. Macht ihr ihn vorher auf, wird eine von euch erschossen.«

»Denkst du, er meint es ernst?«, fragte Hannah. Tief in ihrem Inneren wünschte sie sich, dass Tante Becky ihr Hoffnungen machen würde – und dass die alte Dame sie sogar heil hier herausbringen würde.

»Ich gehe nicht davon aus«, flüsterte Becky. »Dafür haben sie sich zu viel Mühe gegeben, uns hierherzulocken. Wenn sie uns hätten erschießen wollen, dann hätten sie es schon längst getan.« Sie stand auf und ging mit strammen Schritten auf die Tür zu. Dort nahm sie die Umschläge und kam damit zurück. »Sehen alle gleich aus.« Sie ging in die Hocke, legte den Revolver neben sich und riss einen der Umschläge auf. »Wie geht es Greggi?«

Wie auf Kommando hustete er und drehte sich auf den Rücken.

»Greg?« Hannah drückte ihr Gesicht gegen die Gitterstäbe. »Kannst du mich hören?«

Seine Lider flatterten, als würde er aus einem tiefen Schlaf erwachen. Er hob einen Arm und rieb mit den Fingern über die Augen. »Mein Kopf platzt«, kam es über seine Lippen. Dann spürte er Hannahs Hand und öffnete die Augen.

Kapitel 7

Gregory hatte das Gefühl, sich in einem tödlichen Strudel zu befinden. Er schnappte nach Luft, während sich alles um ihn herum drehte. Sein Kopf kreischte, peitschte von einer auf die andere Seite und es fühlte sich an, als hätten Klauen ihn gepackt, um ihn pausenlos auf einen Steinboden zu schlagen. Und alles drehte sich weiter. Sollte es nicht augenblicklich aufhören, würde er sich übergeben.

»Bitte, lass mich raus!«, wimmerte er. Das Klauenwesen lachte und strich mit seinen rauen Fingerspitzen über seine Wange, sodass sich dort, wo sie ihn berührten, die Haut löste.

Gregory schrie. Er wusste, dass er es nur in Gedanken tat, aber es bewirkte, dass sich die Finger des Monsters in die eines Engels verwandelten. Sanft und rein. Er öffnete die Augen und sofort war der Strudel verschwunden; lediglich das Hämmern in seinem Kopf blieb. Er stöhnte. Waren da Gitterstäbe über ihm?

Er spürte die sanften Berührungen des Engels an seiner Wange und drehte den Kopf. Auch hier waren diese Stangen aus Metall, doch zwischen ihnen entdeckte er etwas, das ihm trotz der Schmerzen ein Lächeln aufs Gesicht zauberte. »Hannah? Bist du es wirklich?« Seine Stimme klang, als hätte man seinen Hals mit Sand gefüllt. »Wie … Wie geht es unserer Tochter?«

Seine Frau lachte, obwohl ihr die Tränen die Wangen hinunterliefen. »Ich bin es. O mein Gott, ich kann es noch immer nicht fassen.« Sie griff nach seiner Hand, zog sie zu sich heran und küsste sie. »Ihr geht es gut«, hauchte sie hinein. »Jetzt geht es ihr wieder gut.«

Er richtete seinen Oberkörper auf, umfasste ihre Wangen und sie küssten sich durch die Gitterstäbe hindurch. Es kam ihm wie eine Ewigkeit vor, dass er ihre weiche Haut gespürt hatte.

Eine weitere Gestalt tauchte hinter Hannah auf.

»Hi, Greggi. Schön, dich wiederzusehen.«

Was tat denn Tante Becky hier? Auch bei ihr flossen Tränen. Er sah, dass sie Umschläge in den Händen hielt, von denen einige geöffnet waren. Eine Welle schwappte heran, die ihm sagte, dass das nicht gut war. Das war ganz und gar nicht gut! Niemand durfte mehrere Umschläge öffnen!

Die Welle peitschte gegen sein Gesicht, nahm ihm die Luft.

Als Becky seinen Blick bemerkte, hob sie lächelnd die Kuverts. »Steht überall dasselbe drin.«

Etwas klackte aus weiter Ferne. Ohne es zu sehen, wusste Gregory, dass es die Metallplatte im oberen Bereich der Tür war. Er spürte Hannahs Wärme an seinen Händen und er wollte sie nie wieder loslassen.

Becky hat etwas Falsches getan! Das weißt du!

Sein Blick fiel auf die quadratische Öffnung in der Tür und auf den dünnen Lauf, der in den Raum ragte. Er wollte schreien, einfach schreien, dass Becky es nicht mit Absicht getan hatte. Tante Becky war alt. Sie wusste nicht, was sie tat. Er wollte schreien, dass alle in Deckung gehen sollten. Selbst als die Kugel in Hannahs Hals eindrang, auf der anderen Seite wieder austrat und sie aus seinen Händen riss, wollte er noch schreien und sie warnen. Stattdessen sah er schweigend zu, wie der Lauf aus der Öffnung verschwand und diese wieder geschlossen wurde.

Gregory sah Hannah, die ihre Hand gegen den Hals drückte. Er sah das Blut, das zwischen Haut und Fingern herausspritzte. *Er hat Hannah getroffen!*

Etwas Gewaltiges explodierte in seinem Inneren. Gregory brüllte und rüttelte an den Gittern der Käfigtür. »Lass mich raus!« Sein Kreischen hallte durch den großen Raum. Er hörte Hannahs Röcheln und schrie erneut.

Ein Klacken ertönte und die Tür sprang auf.

Gregory kroch aus dem Käfig, ignorierte Tante Becky und erreichte Hannah, die immer noch ihre Wunde zudrückte.

Er drückte seine Handfläche auf ihren Hals. »Wir brauchen einen Arzt!«, schrie er. »Dad! Du musst einen Arzt verständigen!« Aber tief in sich drin wusste er, dass seine Worte auf taube Ohren treffen würden. Sein Vater würde zusehen, wie Hannah in diesem verdammten Keller verblutete.

Sie hustete und Gregory spürte die warmen Tropfen auf seinem Gesicht. Er blickte in ihre Augen, die ihn fragend ansahen. Die nicht glauben wollten, was gerade passiert war. Ihre Lippen bewegten sich, brachten jedoch nur noch einen weiteren Blutschwall hervor.

»Mein Gott«, keuchte Gregory. Er beugte sich über sie und küsste ihre Lippen. »Bitte, verlass mich nicht.« Er spürte, dass das Blut, das aus ihrem Hals spritzte, langsam verebbte.

»Bitte nicht«, wimmerte er, während Hannah ihn traurig ansah. Seine Tränen fielen auf ihr Shirt und wurden dort, wo es noch nicht vom Blut getränkt war, vom Stoff aufgesogen.

Sie bewegte ihre Hand und schaffte es, seine Wange zu berühren. Er griff danach und hielt sie fest, führte sie zu seinen Lippen und küsste sie.

Ein letztes Mal trafen sich ihre Blicke. Gregory erkannte, dass sie ihren bevorstehenden Tod akzeptiert hatte, denn ihre Augen waren klar. Sie lächelte. Dann verschwand der Glanz, als hätte man eine Kerze ausgepustet. Ihre Hand erschlaffte und Gregory legte sie vorsichtig zurück.

Hinter sich hörte er Tante Becky schluchzen. Ihre zitternden Finger berührten seinen Rücken.

Gregory legte seine Hand auf Hannahs Gesicht und schloss ihre Lider. Jetzt sah sie aus, als würde sie schlafen, auf einem seidenen Kissen aus einer sich ausbreitenden Blutlache.

Vorsichtig legte Gregory seinen Kopf auf Hannahs Bauch. Für einen kurzen Moment befanden sie sich in ihrem Bett in Hayward.

»Soll ich dir etwas verraten?«

»Dass ich der Beste bin?«

»Blödmann.«

Nie wieder würde er ihre Stimme hören. Nie wieder ihre Wärme fühlen und nie würde er ihr gemeinsames Kind kennenlernen.

»Es tut mir so leid«, flüsterte er. Er streichelte über das Shirt und wusste, dass die Worte von irgendwem da drin gehört wurden.

»Ihr habt noch zwei Stunden und vierundfünfzig Minuten Zeit«, tönte es aus dem Lautsprecher.

Gregory hob seinen Oberkörper.

Er hörte Tante Beckys Schluchzen hinter sich und drehte sich zu ihr um. Noch immer hatte sie den gleichen Gesichtsausdruck, der jegliches Entsetzen der Welt widerspiegelte.

War sie vorher auch schon so alt gewesen? Sie wirkt wie eine Mumie, die vor Tausenden von Jahren ihrem Grab entrissen wurde.

Die Umschläge waren ihr aus der Hand gerutscht. Genau jene Umschläge, die dafür gesorgt hatten, dass Hannah jetzt tot in einem Folterkeller neben einem Hundekäfig lag. Sie streckte eine Hand nach ihm aus. Gregory wich zurück, was dazu führte, dass auch Tante Becky ihre Hand zurückzog. »Das … Das habe ich nicht gewollt«, schluchzte sie.

»Es ist nicht deine Schuld«, krächzte er nach einer Weile, obwohl es ihm mehr als schwerfiel, die Worte auszusprechen. »Er war es.«

Gregory wusste, dass er diesen Raum kannte. Er wusste nicht woher, aber da war eine winzige Erinnerung in diesem verschwundenen See. Noch viel zu tief unter der Oberfläche, aber er spürte, wie sie auftauchte. Und das bereitete ihm eine gewaltige Angst.

Er wandte sich wieder Hannah zu, hob ihren Oberkörper an und legte ihn auf seinen Schoß. Er strich ihr Haar aus dem Gesicht und wischte ihr das Blut von den Wangen. Tief in sich drin hörte er ihr erfrischendes Lachen, er sah sie über den Schulhof tänzeln, damals, als er sie zum ersten Mal gesehen und sich sofort in sie verliebt hatte. Hannah Purefoy, der wahr gewordene Traum.

»Noch zwei Stunden und neunundvierzig Minuten! Ihr solltet euch um die Aufgabe kümmern, wenn ihr nicht genauso enden wollt.«

Gregory hörte ein Rascheln. »Hier steht überall dasselbe drauf, Greggi.« Tante Becky war schwer zu verstehen, denn immer wieder wurden ihre Worte durch ein langes Schluchzen unterbrochen. »Was soll denn das für eine Aufgabe sein?«

»Es ist keine Aufgabe«, sagte Gregory leise, mehr zu sich selbst. »Zumindest keine, die uns lebendig hier herausbringt.«

»Hier steht: ›Manchmal ist weniger mehr‹«, schluchzte Tante Becky, so als hätte er nichts gesagt. »Was soll denn das für eine Aufgabe sein?«

Gregory wusste es. Er wusste plötzlich wieder so verdammt viel. Mit jedem Atemzug, den er hier mit seiner toten Frau und seinem toten Kind auf dem Schoß tat, füllte sich der See mit Wasser. Jeder verdammte Atemzug …

Kapitel 8

»Warum tötest du Menschen, Dad?« Gregory war dabei, einen abgetrennten Arm in den Müllbeutel zu stecken. Es war der eines Mannes. Dieser wurde gerade von Dad ausgeweidet.

»Es sind böse Menschen, Junge. Sehr böse Menschen. Die Polizei bringt sie uns, damit wir uns um sie kümmern. Verstehst du das?«

»Die Polizei bringt uns Menschen, damit wir sie töten?«

»Verbrecher, Junge. Sie bringt uns Verbrecher. Abschaum, Mörder, Vergewaltiger. Frauen, die ihre Kinder misshandeln oder gar töten«, war Henning McLanes Antwort. Er warf Darmstränge in einen Plastikeimer.

»Aber kommen die nicht vor Gericht? Und dann in die Gaskammer?«

»Das war früher so, Junge. Seitdem die verfluchten Demokraten die Todesstrafe abgeschafft haben, müssen sich Leute wie wir um den Abschaum kümmern.«

»Du meinst, es machen noch andere Menschen so was wie wir?«

Gregorys Dad wischte sich die Hände an der Fleischerschürze ab und ging vor seinem Sohn in die Hocke. Mit dem schmierigen Finger stieß er ihn gegen die Brust. »Selbstverständlich, Junge. Weißt du, wie viele es von denen gibt? Das würden wir niemals allein schaffen.«

Das war einleuchtend. »Weiß Ma, dass wir der Polizei helfen?«

»Ich denke, wir sollten es für uns behalten. Was sagst du dazu, Junge? Deine Mutter ist eine tolle Frau, aber ich denke, es würde sie ängstigen.«

Der kleine Gregory nickte. Ja, das konnte er verstehen. Mum hielt sich stets die Augen zu, wenn in einem Krimi der Bösewicht mit einer Pistole auf sein Opfer zuging. Mit Sicherheit hätte sie es eklig gefunden, einen Mörder zu zerteilen.

»Wir behalten es für uns, Dad.«

Sein Vater schlug ihm auf die Schulter, sodass Gregory beinahe den Halt verlor. »Guter Junge.«

Einen Tag später war Gregory dabei, die Käfige zu reinigen. Es machte ihm nichts aus, zumal Dad ihm jedes Mal ein kleines Taschengeld zusteckte. »Gute Arbeit, Junge«, sagte er dann und strich ihm über den Kopf. Für Gregory war es das Größte und immer wieder sorgte es dafür, dass die Schikanen, die er in der Schule einstecken musste, verpufften wie eine Seifenblase. Niemand in seiner Klasse würde sich das trauen, was sich Gregory traute. Der Kleinste war hier unten riesengroß.

Er tauchte den Wischmopp in den Eimer, um einen hartnäckigen Bereich von angetrocknetem Kot zu befreien. In der Regel beschränkten sich die bösen Menschen auf das Pipimachen, aber manchen kamen sämtliche Manieren abhanden. Sie erledigten ihr großes Geschäft einfach in der Ecke, obwohl es hier nicht einmal

Toilettenpapier gab. Dann stank es hier unten fürchterlich, weil es kein Fenster gab.

Als Gregory eine halbe Stunde später fertig war – er hatte Mopp und Eimer im Waschbecken im Vorraum gereinigt – machte er sich auf den Weg nach oben. Dad war zusammen mit Meredith in die Stadt gefahren. Vielleicht mussten sie aber auch einen weiteren Verbrecher von der Polizei abholen. Deshalb war es gut, dass Gregory sich so viel Mühe mit dem Reinigen der Zellen gegeben hatte. Auch wenn es sich bei den Sträflingen um böse Menschen handelte – um Gesindel der Gesellschaft, wie Dad sagte –, durfte man nicht vergessen, dass es Menschen waren. Zumindest ein wenig Respekt in Form von sauberen Zellen stand ihnen zu. Das fand Gregory, der vor wenigen Tagen seinen achten Geburtstag gefeiert hatte.

Als er den Gang erreichte, der rechts zur Treppe führte, blieb er stehen. Geradeaus war der Korridor, den er nicht betreten durfte. Er sah sich um, als würde plötzlich Dad oder Meredith auftauchen, aber die waren ja weggefahren. Ma kam nie runter in den Keller. »Was soll ich da unten?«, fragte sie des Öfteren, aber Gregory glaubte, sie hatte einfach ein bisschen Angst vor der Dunkelheit, die hier manchmal herrschte, wenn man vergaß, den Lichtschalter rechtzeitig zu betätigen.

Schon oft war er zur Tür des großen Raums gegangen, hatte sich davorgesetzt und den Geräuschen darin gelauscht. Den Geräuschen, die die Verbrecher von sich gaben. Ob sich im Moment wieder einer dort befand?

Er trat ein Stück weit in den Korridor und kicherte nervös. Gregory genoss das Kribbeln in seinem Nacken, das er immer dann spürte, wenn er hier war. Kurz vor der Tür zog es sich sogar bis hinunter in den Bauch, was durchaus ein interessantes Gefühl war.

Es dauerte nicht lange, bis er sein Ziel erreichte. Auf dem Boden unterhalb des Briefschlitzes lagen neun Umschläge, die vermutlich dort hindurchgeschoben worden waren.

Gregory näherte sich der Tür und hob die Kuverts auf. Sie waren allesamt verschlossen. Er legte sein Ohr gegen das Metall. Jemand lachte dahinter und Gregory schreckte zurück. Es war eindeutig ein männliches Lachen, das er gehört hatte. Dad hatte einen Verbrecher gefangen und ihn hier eingesperrt. Zum ersten Mal stellte Gregory sich die Frage, was genau sich hinter der Tür befand, denn er konnte sich das Kichern des Verbrechers nicht erklären.

Gregory sah sich um. Er hatte plötzlich das Gefühl, aus den Schatten heraus beobachtet zu werden.

Verschwinde lieber, bevor Dad dich entdeckt, dachte er sich.

Dad ist mit dem Auto unterwegs!

Er wollte die Umschläge wieder zurücklegen, doch irgendetwas in ihm sagte, dass er sie öffnen musste. Wenigstens einen. Würde er es nicht tun, so wusste er, dass er die ganze Nacht lang – und vielleicht auch noch die darauffolgenden Nächte – darüber nachdenken würde, was er darin gefunden hätte.

Als er einen aufriss, lächelte er, denn er wusste, dass er das Richtige tat. Er holte eine rechteckige Pappkarte heraus. ›Der Kreislauf des Lebens‹ war mit Schreibmaschine in die Mitte der einen Seite getippt worden. Das war alles; der Rest war leer.

Gregory runzelte die Stirn, konnte er doch so gar nichts mit den Worten anfangen. Vielleicht war es ein Rätsel und er musste die anderen Umschläge ebenfalls öffnen, um zu dessen Lösung zu kommen.

Ohne darüber nachzudenken, warum sie dann vor der Tür lagen und nicht bei dem Mann dahinter waren, riss er einen weiteren auf.

›Der Kreislauf des Lebens‹.

Dieselben Worte, auch mit Schreibmaschine getippt. Im nächsten und übernächsten nichts anderes. Als Gregory den letzten Umschlag öffnete, wusste er deshalb bereits vorher, was auf dem Kärtchen stehen würde. Er hatte recht.

Wieder erklang das Lachen hinter der Tür und verwandelte sich in ein kicherndes Glucksen.

Was fand dort statt, das so lustig war? Kurz dachte Gregory an ein Kino, in dem ein amüsanter Film lief. Er stellte sich die Reihen mit bequemen Polsterstühlen vor, deren Sitzflächen man herunterklappen konnte. Vielleicht war es so was wie ein letzter Wunsch, den Dad den Gefangenen erfüllte, bevor sie hingerichtet wurden. Gregory hatte so etwas einmal in einem Western gesehen. Dort wurde der Mann mit dem Strick um den Hals gefragt, ob er noch einen letzten Wunsch habe. »Eine Zigarette«, hatte dieser geantwortet, was Gregory sehr verwunderte, weil er nicht nachvollziehen konnte, warum ein Mensch sich nicht etwas Sinnvolles wünschte, wenn es eh das Letzte war, was er bekam.

Gregory stand auf und drückte die Klinke hinunter. Er zuckte zusammen, als sich die Tür öffnen ließ. Niemals hätte er damit gerechnet.

Der Raum, der dahinter lag, war riesengroß. Unzählige Säulen säumten ihn der Länge nach bis in einen Bereich, der im Dunklen lag. Kinosessel gab es hingegen keine. Auch keine Leinwand, auf der ein lustiger Film gezeigt wurde.

Stattdessen saß in der Mitte des Raums ein dicker Mann. Er trug eine weiße Feinrippunterhose, schwarze Kniestrümpfe und ebenfalls schwarze Schuhe.

Gregory sah ihn zwar nur von hinten, aber da er die Beine weit auseinandergestreckt hatte, konnte er es sehen. Er hörte ihn vor sich hin glucksen und manchmal schmatzende Geräusche. Der Mann schien zu essen. Neben ihm stand ein silberner Hundenapf, der leer war.

Auf dem Boden, in der Nähe einer Tischkreissäge, entdeckte Gregory einen aufgerissenen Umschlag und die Karte, die achtlos danebenlag. Auch auf diese war etwas geschrieben, was er aber von hier aus nicht entziffern konnte. Allerdings wusste er es ja bereits: ›Der Kreislauf des Lebens‹.

Als der Dicke sein Kichern einstellte, hustete Gregory auffällig. Der Mann fuhr erschrocken zusammen und drehte sich so, dass er zur Tür blicken konnte. Sein Mund war blutverschmiert, das feuchte Haar hing ihm in Strähnen ins Gesicht und seine Augen wiesen einen irren Glanz auf. *Ein Wahnsinniger!*, durchfuhr es Gregory. *Ein wahnsinniger Mörder!* Oder sogar ein Wahnsinniger, der Kinder misshandelte. Oder auffraß.

Der Dicke verzog sein Gesicht zu einem breiten Grinsen. »Ich … Ich hab alles getan«, keuchte er und lachte. Dann schob er sich etwas in den Mund, dass wie Babybrei aussah, der mit Blut angerührt worden war.

Gregory sah ihn übertrieben schlucken, dann das Gesicht schmerzhaft verziehen. Er drehte sich um und guckte in seinen Schoß, um sofort wieder irre zu kichern.

Als er sich erneut umdrehte, hielt er abermals diesen Brei in den Händen. »Ich hab alles getan. So wie Sie es gesagt haben.« Kichern.

Gregory erschrak, als hinter ihm die Tür ins Schloss fiel. Er hatte gar nicht gemerkt, dass er sie losgelassen hatte. Blitzschnell wirbelte er herum, griff nach der Klinke und stellte mit Entsetzen fest, dass sich auf dieser Seite keine befand.

Er wollte um Hilfe schreien, doch ihm fiel ein, dass sich niemand im Haus befand.

Ma ist da!

Sie würde ihn hier unten nicht hören. Außerdem ging sie nie in den Keller.

Ein angestrengtes Keuchen hinter seinem Rücken ließ Gregory erstarren. Ganz langsam drehte er sich um, obwohl er genau wusste, dass er gar nicht sehen wollte, was der Kerl da machte.

Der Dicke war dabei, sich aufzurichten, was ihm unter Stöhnen auch gelang. Zuerst sah Gregory nur diese Unmengen an Fleisch. Der Bauch schwappte über die Feinrippunterhose und die schwarzen Socken spannten sich um pralle Waden. Doch da war noch etwas, das seine Aufmerksamkeit erregte und einen Würgereiz in ihm auslöste. Ein kurzes, wurmartiges Ding ragte aus der Haut oberhalb des Bauches.

Gregory dachte zunächst, dass es sich um das Ende eines blutigen Seils handeln musste, das man dem Kerl um den fetten Bauch gebunden hatte, doch dann erkannte er, dass dieses ›Seil‹ direkt aus dem Mann selbst kam.

Der Kerl hatte tatsächlich ein Loch im Bauch!

Der Schnitt oberhalb der Bauchdecke sah aus wie ein breit grinsender Clownsmund. Etwas Dickflüssiges quoll aus dem Ende des Wurms heraus und verteilte sich auf der Ablagefläche des Bauchs. Der Dicke bemerkte es und geriet in Panik. Mit ungeschickten Händen versuchte er, den zuckenden Strang zu greifen, was ihm anfangs aber nicht gelang. Dann schrie er und bekam ihn zu fassen. Er ließ den Brei in seine Handfläche laufen – dickflüssiger Babybrei mit Blut angerührt –, grinste Gregory erleichtert an und stopfte ihn sich in den Mund.

Gregory glaubte nicht, was er da sah. Das Spiel wiederholte sich. Immerzu. Während das Monstrum auf ihn zutorkelte. Gregory konnte den Blick nicht abwenden. Das war also der Kreislauf des Lebens?

Wie in Trance wich er zurück. Doch als der Kerl ihn fast erreicht hatte, stieß Gregory mit dem Rücken gegen die Tür. Endlich konnte er schreien, was jedoch nur dazu führte, dass der Dicke noch lauter kreischte. Es war ein kreischendes Lachen des Wahnsinns, das in den Ohren schmerzte.

Gregory spürte, wie eine Hand seinen Hinterkopf packte und ihn nach vorn drückte, bis sein Mund gegen den glibberigen Bauchzipfel stieß. Dabei wurde die Fleischmasse, aus der der Bauch bestand, gegen Gregory gedrückt, sodass die gesamte Luft aus seiner Lunge gepresst wurde.

Gregory spürte, wie schmierige Finger seine Kiefer auseinanderpressten, um den Wurm dazwischen zu quetschen. Er schmeckte die penetrante Bitterkeit, aus der dieses Fleischstück bestand. Er hörte den Fettsack schmatzen und spürte wenig später, dass sich auch sein eigener Mund füllte. Es war tatsächlich das Ende der Speiseröhre des Mannes, das da in seinem Mund zuckte, wie ein Stück ausgelutschte Wurstpelle.

Aus einer unendlichen Entfernung nahm er wahr, dass sich über ihm eine Metallklappe öffnete.

Der daraufhin folgende Schuss war dumpf, aber er sorgte dafür, dass Gregory wieder Luft bekam. Er hustete die stinkende Konsistenz aus, die sich in seinem Mund befand, verschluckte sich dabei und übergab sich in einem Schwall auf den Fleischberg, der mit weggeschossenem Gesicht vor ihm auf dem Boden lag.

Dann wurde ihm endlich schwarz vor Augen.

***

Am nächsten Morgen wachte Gregory in seinem Bett auf. Er hatte von einem See geträumt, viel größer als der, der neben ihrem Grundstück lag. Gregory hatte am Ufer gestanden und fasziniert beobachtet, wie das Wasser weniger wurde. Die Uferböschung fing an zu verdorren, der Lehm, vormals vom Wasser bedeckt, bildete Risse, die einer trockenen Kraterlandschaft glichen. Immer mehr Wasser verschwand, bis nur noch eine Pfütze übrig blieb, in der Fische um ihr Leben zuckten. Doch auch diese vertrocknete, bis von dem einst mächtigen Gewässer nichts mehr da war.

Gregory konnte sich daran erinnern, im Traum gelächelt zu haben.

Jetzt blickte er auf seine Uhr und erschrak, weil es bereits kurz vor zehn war. Warum hatte Ma ihn nicht geweckt? Er musste doch um acht Uhr in der Schule sein. Schnell sprang er aus dem Bett, zog die Sachen an, die ordentlich gefaltet auf einem Stuhl lagen, und rannte hinunter in Richtung Küche, wo er Ma zusammen mit

Meredith antraf. Die beiden waren dabei, Vorbereitungen für das Mittagessen zu treffen.

Als seine Mutter ihn erblickte, legte sich ein breites Lächeln auf ihr Gesicht, das aber irgendwie unecht wirkte. »Wie geht es dir, mein Schatz?«, fragte sie. Gregory erkannte echte Sorge in ihrer Stimme.

»Ich bin viel zu spät dran«, sagte er. »Du hast mich nicht geweckt.«

»Heute ist Sonntag«, lächelte Ma. »Du hast so schön geschlafen, da brachte ich es nicht übers Herz, dich aufzuwecken.«

»Sonntag?« Gregory war verdutzt und gleichzeitig erleichtert. Er lachte. »Puh, ich dachte, ich hätte die Schule verpasst. Mann, jetzt habe ich aber Hunger.«

»Setz dich an den Tisch, junger Mann«, sagte Meredith lächelnd. »Ich werde dir was bringen. Magst du ein Omelett?«

»Ein riesiges, bitte.« Gregory verließ die Küche.

Die Tür, die zum Keller führte und sogar offen stand, sah er nicht. Für ihn befand sich dort lediglich eine weiße Wand.

Im Laufe des Tages übergab er sich mehrmals. Einfach so, ohne Vorwarnung, obwohl er sich ansonsten topfit fühlte. Meredith hatte seine Temperatur gemessen, aber Fieber hatte er nicht.

»Möchtest du mit auf den See raus?«, fragte Dad nach dem Mittagessen. »Ein paar Fische füttern?« Er zwinkerte ihm zu, was Gregory nicht nachvollziehen konnte.

Stattdessen krampfte sich sein Magen zusammen und beförderte das Gegessene zurück auf den Tisch.

Am späten Nachmittag – es ging ihm bedeutend besser – hörte er, wie Dad nach ihm rief. Gregory war der Meinung, dass der Ruf aus der Küche kam, und lief vom Saal, in dem er mit einem ferngesteuerten Auto gespielt hatte, in besagten Raum. Doch Dad war nicht da. Gregory wollte die Küche gerade wieder verlassen, als Dad erneut rief.

»Greg! Komm und hilf mir kurz!«

Gregory sah sich um. Er blickte auf die weiße Wand, die seltsam waberte; fast wie eine Wasseroberfläche bei Windstille. War Dads Stimme von dort gekommen?

Als Ma wenig später die Küche betrat, stand Gregory ratlos inmitten des Raums.

»Was tust du hier, Schatz?«, fragte sie.

Er sah sie verwirrt an. »Ich dachte, Dad hätte mich gerufen, aber er ist nicht hier.«

»Er ist unten im Keller«, sagte sie und deutete auf die Wand.

»Scheiße!«, hörten sie Dad schimpfen. »Dann mach ich es mal wieder allein.«

Ma näherte sich ihm und ging in die Hocke. Sie berührte Gregorys Wange. »Möchtest du nicht in den Keller gehen?«, fragte sie besorgt.

Gregory spürte, wie ein Druck in seinem Magen entstand. Er verstand nicht, was Ma von ihm wollte. Er fühlte sich plötzlich wie in seinem Traum. Da war der See, der nicht mehr da war, das endlos lange Ufer, auf dem die ausgetrockneten Fischkadaver lagen. Sie verströmten einen widerlichen Gestank, der Übelkeit in ihm hervorrief.

»Du musst nicht in den Keller, wenn du nicht magst«, sagte Ma mit sanfter Stimme.

Plötzlich stand Dad vor ihm. Einfach so war er da, als wäre er aus dem Nichts aufgetaucht. »Hast du mich nicht gehört?«

Luft, die nach Kadaver stank, wehte auf Gregory zu und er übergab sich, ohne sich zu bewegen.

Das Nächste, woran er sich erinnerte, war, dass er auf dem Sofa im Wohnzimmer lag. Ein Eimer stand neben ihm auf dem Boden und jemand hatte ein Handtuch unter seinen Kopf gelegt. Eine Tasse mit dampfendem Tee stand auf dem Tisch.

Er hörte Ma und Dad miteinander streiten. Hatten sie das jemals zuvor getan? Gregory konnte sich nicht daran erinnern. Er war immer der Meinung gewesen, dass seine Eltern ein Paar waren, das aus reiner Harmonie bestand. Doch jetzt schrie Dad: »Er ist alt genug! Er wird es überstehen!«

»Du siehst doch, was mit ihm los ist!«, fauchte seine Mutter.

»Das geht vorbei. Er hat sich einfach ein bisschen erschreckt.«

»Ein bisschen erschreckt?« Sie lachte voller Hohn. »Ich will ihn nie wieder da unten sehen, hast du das verstanden?« Gregory hatte seine Mutter noch nie so laut sprechen gehört.

Was war mit den beiden passiert? Über wen sprachen sie da?

In dieser Nacht würde Ma mit ihm das Haus und Dad verlassen. Und Gregory würde fünfundzwanzig Jahre lang nicht wissen, warum.

Kapitel 9

Manchmal ist weniger mehr!

»Es bedeutet, dass nur einer hier rauskommt«, sagte Gregory zu Tante Becky.

Sie sah ihn an. »Ich verstehe das alles nicht, Greggi. Warum tut dein Vater das? Jahrelang hatten wir keinen Kontakt zu ihm. Ist das seine Rache?«

Gregory schüttelte den Kopf und streichelte dabei Hannahs Wange; die andere Hand lag auf ihrem Bauch. Er bildete sich ein, zu spüren, wie dort das ungeborene Leben langsam starb. »Keine Rache«, flüsterte er. »Für Dad ist es keine Rache.«

Aber für Gregory! Er würde sich rächen für all das, was sie ihm angetan hatten. Für das, was er als Kind hatte erdulden müssen und vor allem für das, was er jetzt erdulden musste. Dad hatte ihm das genommen, wofür Gregory alles gegeben hätte. Und Dad hatte dafür gesorgt, dass Gregorys Kind niemals das Licht der Welt erblicken würde. O ja, er würde sich rächen.

Viel zu lange hatte er das Übel vor sich hergeschoben, hatte es verdrängt und diesen stinkenden See der Erinnerungen austrocknen lassen. Hätte er eher gehandelt, würde Hannah noch leben.

Er wusste nicht, warum er hier im großen Keller war und genauso wenig, warum Hannah und Tante Becky hier waren. Inzwischen war es ihm auch egal. Dad würde ihm nichts tun, so viel stand fest. Er wollte nur, dass Gregory bis zum Schluss übrig blieb.

Es waren keine Verbrecher, keine Mörder, keine Vergewaltiger und keine Mütter, die ihre Kinder misshandelt hatten, die hier im Keller gefoltert wurden … die sich selbst verstümmeln mussten, nur für diesen einen Funken Hoffnung, den Dad ihnen dann später nahm, bevor er sie zu Fischfutter verarbeitete. Nein, es waren ganz normale Menschen. Familienväter, junge Mädchen, die sich auf die nächste Party freuten, und Männer, die ihrer Partnerin einen Heiratsantrag machen wollten. Es waren Obdachlose und Straßennutten, manchmal auch Kinder, die unbeaufsichtigt nach Hause gehen wollten. Keine bösen Menschen. Einfach Menschen. Menschen, die gerade da waren.

Wie es schien, hatte es in all den Jahren nicht aufgehört. Gregory erinnerte sich daran, wie er Dad und Meredith am See gesehen hatte. Es war noch gar nicht lange her. Sie hatten das Fischfutter ins Boot geladen und waren hinausgefahren. So wie Dad es früher mit ihm gemacht hatte.

Inzwischen müsste der See überlaufen vor Leichenteilen. Wie viele mögen dort unten liegen? In einer Tiefe, die nur aus Kälte und Dunkelheit besteht. Einhundert? Fünfhundert?

Fünfundzwanzig Jahre waren vergangen, seit Ma ihn von hier weggebracht hatte. Eine Menge Zeit. Eine Menge Leichen.

»Denkst du, er wird uns ebenfalls erschießen, Greggi?« Tante Beckys Stimme war so winzig geworden. So unendlich zerbrechlich. Wo war die starke Frau geblieben, die er kannte und die ihn vor dem Axtmörder gerettet hatte? Hatte die Situation, in der sie sich gerade befanden, es geschafft, sie zu brechen?

»Rutsch näher an mich ran, Tante Becky«, flüsterte er.

Sie tat es.

Er dämpfte seine Stimme beinahe ins Unhörbare. Zumindest für die Mikrofone, die sich an den Säulen befanden.

»Hört auf der Stelle auf zu flüstern!«, dröhnte es aus dem Lautsprecher. »Beim nächsten Verstoß schieße ich einem von euch in die Beine.«

»Okay«, rief Gregory.

Als er sich wieder von Tante Becky abwandte, starrte sie ihn mit weit aufgerissenen Augen an. Ihre Lippen zuckten. »Du tust das Richtige, Greggi.« Sie nahm sein Gesicht in beide Hände und küsste ihn auf die Stirn.

Er löste ihre Hände und stand auf. »Womit?«, brüllte er in den Raum hinein.

Scheinbar wusste die verzerrte Stimme, was er meinte, denn sie antwortete direkt auf seine Frage: »Im Schrank neben der Kreissäge befinden sich diverse akkubetriebene Geräte. Sucht euch eines aus.«

Gregory machte einen Knoten in sein Hosenbein, damit er nicht aus Versehen mit dem anderen Bein drauftrat, dann stand er auf und hüpfte mit drei gekonnten

Sprüngen zum Werkzeugschrank; er hatte kein Problem damit, sich ohne Krücken und Prothese zu bewegen. Als er sich jetzt mit den Händen auf der Platte abstützte, hatte er das Gefühl, sein Schädel würde mit jedem Herzschlag zerplatzen.

Sie mussten ihn mit irgendeinem Zeug schachmatt gesetzt haben, als er mit Hannah telefoniert und sie gewarnt hatte.

Gregory versuchte, ruhig zu atmen. Kurz entstand ein Fiepen in seinen Ohren, das aber wenig später wieder verschwand. Genauso wie die Kopfschmerzen, die sich aber wesentlich langsamer zurückzogen.

Vorsichtig bückte er sich – er wollte seinen Blutdruck nicht in die Höhe treiben – und öffnete den Schrank. Dort lagen eine Stichsäge, eine handliche Flex und eine Handkreissäge, allesamt akkubetrieben.

Er blickte hinüber zu Tante Becky, die unverändert neben Hannahs Leichnam hockte. Sie hatte den Kopf gesenkt, doch Gregory sah, dass sie weinte.

Wie gern hätte er sie in den Arm genommen, ihren altersschwachen Rücken gestreichelt. Er dachte an die Weihnachtsfeste zurück, die sie grundsätzlich zu dritt gefeiert hatten. Tante Becky hatte es sich zu keiner Zeit nehmen lassen, ihre beiden Lieblinge festlich zu bewirten. *»Lasst euch mal richtig kulinarisch verwöhnen, meine Lieben«*, hatte sie jedes Mal gesagt, wenn Hannah und Gregory anboten, ihr beim Kochen behilflich zu sein. *»Nehmt euch ein Glas Wein und genießt die Vorfreude.«*

Das letzte Mal hatten sie zusammengesessen, als Hannah ihr die freudige Nachricht überbracht hatte, dass sie schwanger war. *»Sieht man mir das echt an?«*, hatte sie lächelnd gefragt.

Inzwischen war Hannah tot und das Kind in ihr ebenfalls, erschossen von Gregorys Vater. Oder von Meredith. Gregory wusste nicht, wer für die Drecksarbeit zuständig war, und im Prinzip war es ihm auch einerlei. Er würde beide töten.

Man hatte ihm das Liebste genommen, was er auf Erden besaß, und nun zwang man ihn, auch Tante Becky zu töten.

Vielleicht war es gut, dass sie Hannah erschossen hatten, denn mit Sicherheit hätten sie verlangt, dass er auch sie töten sollte.

Gregory griff in den Schrank und holte die Flex hervor. Sie war nicht schwer und lag gut in der Hand. Da es sich um ein Markenwerkzeug handelte, konnte er davon ausgehen, dass sie genau das tat, wozu sie gedacht war. Und es würde ihr egal sein, ob sie Metall, Stein oder Haut und Muskelgewebe durchtrennte.

An der Platte zog er sich nach oben und versuchte, das Gerät so zu halten, dass Tante Becky es nicht direkt sehen konnte. Allerdings brauchte er das nicht zu befürchten, denn sie starrte weinend auf ihren Schoß. Eine ihrer Hände lag auf Hannahs Bauch.

Er hüpfte auf sie zu und setzte sich vor sie auf sein angewinkeltes Bein. Die Flex legte er neben sich und umarmte die alte Frau, die beinahe ein Leben lang für ihn da gewesen war.

»Ich danke dir für alles, Tante Becky«, sagte er.

Jetzt hob sie den Kopf und sah ihm direkt in die Augen. »Du tust das Richtige, Greggi. Mach es nur schnell.«

Sie drehte sich um und legte sich auf den Boden, eng an Hannah gedrückt. Ihren Arm legte sie um die Tote, als wollte sie gemeinsam mit ihr einschlafen. Dann schloss sie die Augen.

Gregory nahm die Flex. Er rutschte näher an Becky heran und betätigte den Schalter. Das stetige, schnell lauter werdende Surren der Trennscheibe erfüllte augenblicklich den Raum.

Tante Becky zuckte merklich zusammen. Gregory sah, dass sie Hannah fester umklammerte. Auch er spürte, wie ein Brennen seine Augen befiel. *Mach es nur schnell!*

Er beugte sich über die alte Frau, zog den Kopf an den Haaren ein Stück nach hinten und ließ die Flex ins Fleisch eindringen. Eine feine Blutfontäne sprenkelte die Gitterstäbe des Hundekäfigs, als wollte ein wenig begnadeter Sprayer sie verzieren. Tante Beckys Beine zuckten kurz wie die eines Hundes, der im Schlaf vor etwas davonlaufen wollte. Dann war alles still.

Gregory hatte die Flex abgeschaltet und stand auf. Als er sich umdrehte, blickte er direkt in die Kamera. Sein Gesicht war mit roten Spritzern bedeckt, die nun tränengleich an der Haut hinabliefen.

»Bist du zufrieden, Dad?«, brüllte er. »Bist du endlich zufrieden? Dann lass mich gefälligst raus, damit ich dir ins Gesicht spucken kann.«

Ein metallisches Klacken ertönte von der Tür. Da sich innen kein Griff befand, ging Gregory davon aus, dass sie gerade automatisch entriegelt worden war.

Als er auf den Ausgang zusprang, spürte er den Lauf von Tante Beckys Revolver, den er sich hinten in die Hose gesteckt hatte. Er griff mit einer Hand an seinen Rücken und vergewisserte sich, dass die Waffe nicht herausrutschen konnte.

***

Zum ersten Mal in seinem Leben wünschte sich Gregory, im Besitz seiner Prothese zu sein. Er konnte sich zwar auf einem Bein genauso gut fortbewegen wie andere auf zweien, aber es war wesentlich anstrengender, sodass er schnell Kraft verlor. Sein linker Arm schmerzte und er presste ihn fester gegen den Hosenbund, der sich augenblicklich mit Blut vollsog.

Keuchend lehnte sich Gregory mit dem Rücken an die Wand des Korridors. Den Revolver hatte er nach vorn auf die Abzweigung gerichtet, wo er gerade das Schlagen einer Tür gehört hatte.

»Ich verstehe dieses ganze Theater nicht«, erklang eine ihm unbekannte Männerstimme aus dem Gang heraus.

»Das müssen Sie auch nicht, Kramer.« Das war Dad.

Also näherten sie sich zu zweit. Leise spannte er den Hahn. Er blickte über den Lauf der Waffe und bemerkte, wie seine Hände zitterten. Er dachte an Hannah, die von Dad – oder sogar diesem Kramer – erschossen worden war. Einfach so. Skrupellos. Und genauso skrupellos würde auch Gregory jetzt vorgehen.

Im selben Moment tauchten die Männer an der Ecke auf. Sie waren beide bewaffnet – Kramer mit einer Glock und Dad mit einer Schrotflinte. Als sie Gregory sahen, erstarrten sie. Kramer riss seine Waffe aus dem Halfter und Gregorys Finger krümmte sich. Seine Kugel drang direkt in das Gesicht des Inspektors ein, der wie ein gefällter Baum gegen Henning McLane kippte.

Dieser taumelte und verlor das Gewehr. Gregory benötigte zwei große Sprünge, um bei ihm zu sein. Sein Vater war auf seinen Hosenboden gefallen und lehnte an der Wand. Fluchend mühte er sich ab, nach der Waffe zu greifen.

Gregory schoss ihm in den Hals. Er wusste, dass seine Treffer Zufall waren, denn er hatte niemals das Schießen gelernt. Tante Becky hatte mehrfach versucht, es ihm beizubringen, indem sie ihn auf einem Feld in der Nähe von Hayward auf leere Blechdosen schießen ließ. Gregory hatte keinerlei Talent und auch kein Interesse daran gehabt, den Umgang mit einer Waffe zu erlernen. Gebracht hatte ihm das Ganze lediglich, dass er nun wusste, wie so ein Ding funktionierte.

Sein Vater starrte ihn aus weit geöffneten Augen an, während er seine alten Hände gegen die Halswunde presste, sich der vagen Hoffnung hingebend, sie damit verschließen zu können.

Gregory bückte sich und starrte seinem Erzeuger in die Augen. »Meine Frau hat es nicht geschafft, das Leben aufzuhalten, das aus ihr rausspritzte. Du wirst es auch nicht schaffen.«

Dad schien etwas sagen zu wollen, doch sein Mund öffnete und schloss sich nur wie der eines Fisches auf dem Trockenen.

Gregory verzog keine Miene. Er nahm die Waffe herunter und sah seinem Vater beim Sterben zu. Es war ein schönes Gefühl.

Kurz spürte er, wie sich sein Gesichtsfeld verengte. Er schüttelte den Kopf. Noch war nicht alles erledigt, denn es gab eine weitere Person unter diesem Dach, um die er sich kümmern musste: Meredith.

Gregory wollte sich gerade auf den Weg nach oben machen, als er die Stimme hinter seinem Rücken vernahm: »Da bist du unserem Herrn Jesus Christus wohl zuvorgekommen.«

Gregory erstarrte. Er spürte nicht, wie ihm die Waffe aus der Hand rutschte und auf dem Betonboden aufschlug. Abermals verengte sich sein Blick – diesmal so stark, dass er das Gefühl hatte, durch ein enges Rohr zu blicken.

»Schön, dass du wieder da bist, Schatz.«

Ganz langsam stand er auf, drehte sich um und starrte in den Lauf eines Scharfschützengewehrs.

»Ich hoffe, du nimmst wenigstens seinen Platz ein, wenn du ihn schon getötet hast«, sagte die Frau, deren Finger ruhig am Abzug lag. »Im Prinzip war das immer mein sehnlichster Wunsch.«

Gregorys Mund wurde trocken. Nur noch ein Wort kam über seine Lippen: »Mutter?«

Die Frau mit dem Gewehr lächelte. Sie hatte Falten bekommen und ihre Haut war viel zu blass. Das Haar war grau geworden.

Gregorys Gedanken jagten wie aus der Kontrolle geratene Geschosse durch seinen Schädel. Wie war das möglich? Wie konnte es sein, dass Eltern ihr Kind fünfundzwanzig Jahre lang im Glauben ließen, einer von ihnen wäre gestorben, während der andere sich zurückzog und jeden Kontakt abbrach?

»Wa-Warum?«, kam es über seine Lippen.

»Ich habe gemerkt, dass du damals noch zu jung warst, Greggi. Nach dem Vorfall im großen Keller standest du kurz vor dem geistigen Knock-out. Und glaube mir, das hätte ich nie zugelassen.« Ihre Worte waren sanft und eindringlich. Und obwohl Gregory sie ein Vierteljahrhundert nicht gesehen hatte, spürte er, dass sie die Wahrheit sprach.

»Aber jetzt brauche ich dich, Greggi. Du hast gezeigt, dass du mein Blut in den Adern hast. Du hast einen Menschen, der dir viel bedeutet hat, einfach gerichtet. Und ich weiß auch, dass du deine Frau aus dem Weg geschafft hättest, wenn ich dir nicht zuvorgekommen wäre.«

»Du warst es?«

Sie lachte kurz, und beinahe klang es wie früher, als sie hinter Gregory her durchs Haus rannte, um ihn zu fangen. »Ich mache hier die Spielregeln, Greggi. Nur deshalb habe ich damals deinen Vater geheiratet. Weil er mir das gab, was ich brauchte. Wenn du dich erst einmal hier eingefunden hast, wirst du meine Euphorie verstehen. Du bist mein jüngster Sohn. Und du bist alt genug, in die Fußstapfen deines Vaters zu treten.«

»Was redest du da für einen Irrsinn, Mutter?!« Gregory krallte sich an der Wand fest. »Du bist seit fünfundzwanzig Jahren tot für mich. Und es wäre besser, wenn du es wirklich wärst.«

Er sah, wie sie energisch den Kopf schüttelte. Der Gewehrlauf kam näher und berührte kurz Gregorys Nasenspitze. »Ich habe dich nicht vergessen, Greggi. Niemals! Ich wusste immer, wie es dir geht und was du tust. Zu jeder Zeit! So was ist nicht schwer, wenn man Geld hat, mein Schatz. Ich weiß, dass du in der Schule nicht mehr gemobbt wurdest und ich weiß von deiner Begegnung mit Hannah.«

Gregory lachte trocken und schlug sich auf den Beinstumpf. »Dann weißt du ja auch, was hiermit passiert ist, richtig?«

Der Lauf senkte sich ein wenig. »Aber natürlich, Schatz. Aber natürlich. Mir reichte es nicht, nur aus schriftlichen

Berichten oder Telefongesprächen etwas über dich zu erfahren. Ich wollte dich spüren und dich im Arm halten, wenn ich einschlafe. Kannst du das verstehen?«

Gregory wusste nicht, was er erwidern sollte, zumal ihm nicht klar war, was diese Frau da von sich gab. Sollte es bedeuten, dass sie diesen Irren angeheuert hatte, damit der ihm das Bein mit einer Axt amputierte?

»Und? Was sagst du, Greggi? Willst du wieder an der Seite deiner Mutter sein? Du könntest sogar all das hier komplett übernehmen, wenn ich tatsächlich einmal das Zeitliche segne. Es würde dann alles dir gehören. Du musst dir nur die Subjekte selbst fangen und sie, falls Meredith auch nicht mehr da ist, allein entsorgen. Du weißt ja sicher noch, wie das geht, habe ich recht?«

»Du bist verrückt, Mutter, und ich werde dich einweisen lassen.«

»Du weißt selbst, dass du das nicht tun wirst. Ich bin deine Mutter, Greggi. Du bist mein Fleisch und Blut. Und wir gehören zusammen. Endlich sind wir wieder vereint.« Sie ließ das Gewehr sinken und kam mit ausgestreckter Hand auf ihn zu, um seine Wange zu streicheln.

Als Gregory zurückwich, stutzte sie und deutete nach unten. »Du blutest. Ziemlich stark sogar.«

Gregory sah an sich hinab. Tatsächlich hatte sich neben seinem Fuß eine glänzende Lache gebildet. Stetig fiel ein neuer Tropfen von seinen Fingern hinein und vergrößerte sie.

Er hob seine Hand und blickte auf den tiefen Schnitt am Unterarm. »Muss mich wohl einer der Herren erwischt haben«, sagte er, merkte aber gleichzeitig, dass ihm das Sprechen schwerer fiel.

Blitzartig riss seine Mutter das Gewehr hoch und drückte den Lauf gegen seine Stirn. »Du glaubst nicht, welche Lügen ich mir schon von den Subjekten anhören musste, Greggi. Bist du etwa auch nur ein Subjekt und glaubst du, deine Mutter sei dumm? Keiner der beiden Schlappschwänze hatte Zeit, einen Schuss auf dich abzugeben. Also: Ist mein Sohn lediglich ein Subjekt?« Die bis vor Kurzem liebevolle Stimme wurde zu einem hysterischen Kreischen.

Gregory hörte das Spannen eines Abzugshahns. Seine eigene Mutter würde ihm jeden Augenblick den Schädel wegschießen. Seine Mutter, die keinerlei Skrupel gehabt hatte, auch seine Frau zu erschießen. Er sah ihr in die Augen und lächelte, als im selben Moment ein lautes Surren ertönte.

Kapitel 10

»Hör mir zu, Tante Becky!« Sein Flüstern war so leise, dass sie ihn kaum verstand. Noch immer war sie voller grenzenloser Trauer, weil sie sich die Mitschuld an Hannahs Tod gab.

»Vertrau mir und tu genau das, was ich dir sage!«, zischte Gregory.

»Hört auf der Stelle auf zu flüstern!«, dröhnte die verzerrte Stimme aus dem Lautsprecher. »Beim nächsten Verstoß schieße ich einem von euch in die Beine.«

O ja, Becky glaubte der Stimme. Jetzt endlich glaubte sie ihr!

»Spiel einfach mit!« Gregory streckte beide Arme von sich und brüllte ein »Okay!« in den Raum.

Becky verstand nicht, was Greggi vorhatte, und irgendwie wusste sie auch nicht, ob sie es überhaupt verstehen wollte. Sie hatte Hannah und das ungeborene Kind getötet – das war alles, was zählte. Becky hatte kein Recht mehr, dass man auf sie Rücksicht nahm. Und schon gar nicht, dass es Greggi tat. Er sollte sie einfach töten, so wie dieser Verrückte es von ihm verlangte.

Abermals ertönte die dumpfe Stimme. Für Becky war es, als hörte sie das tiefe Grollen eines dämonischen Donners. Weit, weit weg. Tief unter der Erde. Sie hielt den Kopf gesenkt und starrte in ihren Schoß – auf die

Kärtchen, die der Grund dafür waren, dass eine tote Frau neben ihr lag. Greggis Frau.

»Spiel einfach mit!«

Wobei? Was hatte Greggi vor?

Aus den Augenwinkeln erkannte sie, dass er weghüpfte. Sie würde ihm vertrauen, so wie er es von ihr erwartete. Wenn sie ihm dadurch bei dem helfen konnte, was er vorhatte, dann war sie ihm das schuldig. Selbstmitleid würde Hannah nicht zurückbringen, aber es würde sich lohnen, um ihretwillen zu kämpfen und dieses Ungeheuer Henning McLane seiner gerechten Strafe zuzuführen. Ja, sie würde mitspielen.

Als Greggi wenig später wieder zurückkam, sah sie die Flex in seiner Hand, obwohl er sie vor ihr verstecken wollte.

Sollten seine Worte nur dazu gedient haben, damit es nicht zu schlimm werden würde? Er hätte ja schlecht sagen können: ›Ich werde dich gleich umbringen, Tante Becky. Ich hole nur noch schnell ein passendes Werkzeug.‹

Er setzte sich vor sie. Sie hob den Blick und umfasste sein Gesicht. »Es tut mir leid«, sagte sie, während er »Wir müssen es so aussehen lassen, als würde ich dich töten« flüsterte.

Sie zwinkerte mit den Augen und nickte kaum merklich. »Du tust das Richtige, Greggi. Mach es nur schnell.«

Als er die Flex hervorholte, legte sie sich so auf den Boden, dass sie Hannah in den Arm nehmen konnte.

Augenblicklich spürte sie die Wärme, die langsam aus dem Körper ihrer Freundin wich.

Dann ertönte das kreischende Surren der Trennscheibe und ihr Herzschlag verdoppelte sich. Lange würde ihr alter Körper das nicht mitmachen, sagte sie sich und versuchte, sich zu beruhigen.

Gregory beugte sich über sie und zog an ihren Haaren den Kopf sanft nach hinten. »Folge mir später mit der Flex«, zischte er. »Warte, bis du Schüsse hörst.«

Im selben Moment veränderte sich das surrende Geräusch und etwas Feuchtes spritzte über ihre Wange. Instinktiv zuckte sie mit den Beinen. Sie wusste nicht, in was Greggi die Trennscheibe getrieben hatte, aber sie wusste, dass es definitiv nicht ihr Körper war.

»Stell dich tot!«, war das Letzte, was er zischte, bevor er die Flex ausschaltete und auf den Boden fallen ließ.

»Und was nun?«, hörte sie ihn brüllen.

***

Als sie den ersten Schuss hörte – es war ihre Smith & Wesson, das erkannte sie sofort –, öffnete sie die Augen. War das das verabredete Zeichen?

Ein Schuss reicht nicht!, ermahnte sie sich. Es befinden sich drei Personen im Haus. Der Inspektor, Henning und die Haushälterin.

Nein, sie würde warten. Vielleicht nur kurz, aber irgendetwas in ihrem Inneren sagte ihr, dass sie noch beobachtet wurde.

Ein zweiter Schuss! Wieder die Smith & Wesson.

Sehr gut!

Becky hob langsam den Kopf und sah, dass die Tür, durch die sie zusammen mit Hannah diesen Raum betreten hatte, weit geöffnet war. Kurz wollte die Traurigkeit bei der Erinnerung daran ihre spitzen Finger in sie bohren, aber Becky ließ es nicht zu. Nicht jetzt! Jetzt war es ihre Aufgabe, ihrem Neffen zu helfen, diesem ganzen Horror heil zu entkommen. Trauer würde ihr nur im Weg stehen.

Sie wollte gerade aufstehen – sie fand, der richtige Zeitpunkt war gekommen –, als sie eine Bewegung vor der Tür wahrnahm. Jemand war daran vorbeigehuscht. Und dieser Jemand war mit einem Gewehr bewaffnet. Sie gab Hannah einen Kuss auf die Wange, schnappte sich die Flex und sprang auf. Flink lief sie zur Tür und spähte hinaus in den Flur.

***

»Das einzige Subjekt hier bist du, Elli!«, hörte Gregory Tante Beckys Stimme und lächelte weiter.

Als seine Ma den Kopf herumriss, schlug er mit der unverletzten Hand gegen den Lauf des Gewehrs. Der Schuss, der in die Wand hinter ihm eindrang, sorgte dafür, dass alles um ihn herum in einer dumpfen Geräuschlosigkeit versank.

Tante Beckys verzerrtes Gesicht tauchte neben dem seiner Mutter auf. Beide schienen etwas zu sagen, aber Gregory sah nur die Bewegungen ihrer Lippen. Ein hohes Fiepen bohrte sich in seinen Kopf wie ein Wurm, der ins feuchte Erdreich flüchtete.

Dann war da die Flex – lautlos –, die in Elisabeth McLanes Kiefer eindrang, der auseinanderklappte wie ein Gebetbuch.

Tante Becky verzog keine Miene, als sie ihrer Schwester auch die Finger abtrennte, die ihr das Werkzeug aus der Hand reißen wollten.

Gregory sah, wie seine Mutter nach hinten auswich, was die Korridorwand jedoch verhinderte.

Beim nächsten Treffer drang die blutrote Trennscheibe in den Brustkorb seiner Mutter ein. Knochensplitter spritzten gegen den geteilten Kiefer und blieben im feuchten Fleisch hängen. Sie sahen wie falsch gewachsene Zähne aus.

Elli McLane versuchte, obwohl sie keine Finger mehr besaß, die Flex aus ihrem Körper zu reißen, doch Tante Becky stemmte sich kraftvoll dagegen. Immer tiefer drang das rotierende Gerät in den Brustkorb ein, bis es wenig später komplett darin verschwunden war. Tante Becky ließ los und trat zurück.

Gregory starrte auf seine Mutter, die ihre Hände in den eigenen Brustkorb schob und es tatsächlich schaffte, die

Flex wieder ein Stück herauszuziehen. Dann knickten ihre Knie ein. Sie kippte vornüber in den Gang – Tante Becky sprang rechtzeitig zur Seite – und begrub Werkzeug und Hände unter sich. Ihre Beine zuckten und stießen gegen die Wand, bis der Körper wenig später erschlaffte und sich nicht mehr bewegte.

Als seine Mutter vor seinem Fuß lag und in seine Richtung starrte, meinte Gregory, eine Mischung aus Trauer und Dankbarkeit in ihren sterbenden Augen zu erkennen. Er selbst empfand weder das eine noch das andere.

»Halt den Arm hoch«, sagte Tante Becky neben ihm. Sie zog ihre Bluse aus, drehte sie zu einem Schlauch und wickelte sie um seinen Unterarm, wo Blut aus einer klaffenden Wunde tropfte wie aus einem nicht komplett geschlossenen Wasserhahn. »Du verrückter Idiot«, keuchte sie und zog den behelfsmäßigen Verband stramm. »Das wird nicht lange halten. Du brauchst dringend einen Arzt.«

»Ich will da hinten hin«, keuchte Gregory und deutete den Gang hinunter. Von hier aus war zu erkennen, dass die geheimnisvolle Tür geöffnet war.

»Ich weiß nicht, ob das gut ist, Greggi. Du brauchst wirklich Hilfe.« Sie griff ihm unter die Arme. »Schneidet sich der Kerl doch tatsächlich in den Arm. Mit einer Flex!«

»Wir waren erfolgreich«, sagte Gregory. »Das ist alles, was zählt.« Er dachte an Hannah und wäre am liebsten schreiend zusammengebrochen. Aber dazu war später noch Zeit. Es würde eine lange Trauerzeit werden. Eine sehr lange.

Sie benötigten für den Weg mehrere Minuten, obwohl er nicht lang war. Mehrfach musste Gregory sich an der Wand abstützen und eine kurze Pause einlegen. Auf halbem Weg sagte Tante Becky: »Setz dich hin. Ich besorge dir was zum Trinken.«

Gregory wollte widersprechen, aber er wusste, dass sie recht hatte. Langsam ließ er sich mithilfe seiner alten Tante zu Boden gleiten. »Lauf einfach geradeaus den Gang runter«, keuchte er. »Dort befindet sich ein kleiner Raum mit einem Waschbecken. Früher gab es da auch Behälter.«

Ohne ein weiteres Wort lief Tante Becky los.

Gregory schloss die Augen. Es tat gut.

***

Irgendwann hörte er einen Schuss und ging davon aus, dass das Geräusch seinen wirren Gedanken entsprungen war.

Später wachte er auf. Er wusste nicht, ob es wirklich später war, wusste nicht einmal, ob er überhaupt geschlafen hatte. Scheinbar war nicht nur das Blut aus seinem Körper geflossen, sondern auch das Zeitgefühl.

Er blickte den Gang hinunter, in dem Tante Becky verschwunden war, und wartete. Er dachte an Hannah und wünschte sich nichts sehnlicher, als dass sie gleich hinter der Ecke auftauchen und lachend auf ihn zulaufen würde.

›Wir sind bald zu dritt‹, würde sie rufen.

Und dann sah er sie tatsächlich. Sie stieg über die Leichen und kam lächelnd auf ihn zu.

Gregory versuchte, die Arme zu heben. Er wollte sie festhalten und nie mehr loslassen, doch als sie sich wenig später neben ihn kniete, war ihr Gesicht verschwunden. Stattdessen blickte Meredith ihn an.

Ihre Mundwinkel hingen herab und sie schüttelte traurig den Kopf, als sie ihm eine Plastikflasche mit Wasser an die Lippen hielt. Es schmeckte salzig.

»Warum hast du nicht auf mich gehört, Gregory?«, fragte sie traurig. »Ich habe dir gesagt, dass du nicht herkommen sollst. Hab ich das getan?«

»Das hast du.« Gregory spürte, wie mit der Flüssigkeit auch das Leben zurückkam und es ihm ein bisschen besser ging.

Meredith öffnete einen handlichen Koffer und holte Verbandszeug hervor.

»Alle könnten noch am Leben sein, Gregory. Alle!« Sie wickelte Tante Beckys Bluse ab und warf sie in den Gang.

»Wo ist sie?«, fragte Gregory.

»Du meinst die alte Frau?« Das Versorgen der Wunde ging schnell. Meredith schien Übung darin zu haben.

»Ja, ich meine Tante Becky.«

»Ich habe dir doch gesagt, dass du nicht hättest kommen sollen. Ich habe mitbekommen, wie sie es geplant haben. Jeden einzelnen Schritt. Deine Mutter wollte dich unbedingt dabeihaben. Es ist alles deine Schuld, Gregory. Aber vielleicht hat es auch etwas Gutes. Inzwischen bin ich müde. Ich mag den See nicht mehr. Ihn nicht und auch nicht das, was sich auf seinem Grund befindet. Und erst recht nicht, was noch alles gekommen wäre. Ich fühle mich einfach nur noch leer. Kannst du das verstehen?« Sie hielt ihm ein Fläschchen hin. »Hier, trink einen Schluck davon. Es sorgt dafür, dass ich dich nicht nach oben tragen muss.«

»Was ist in dem Raum?«

Meredith sah in die Richtung, in die er deutete.

»Das ist das Zimmer deiner Mutter. Schon seit sie deinen Vater geheiratet hat. Sie war fast immer hier, bis du irgendwann geboren wurdest. Es war die Zeit, als weniger Menschen starben. Es war …« Sie stockte kurz und suchte nach den passenden Worten. Dann fuhr sie fort: »Ja, es war wie ein wohlverdienter Urlaub. Mit Unterbrechungen, aber das weißt du ja. Als sie dann mit dir zusammen das Haus verließ, habe ich gehofft, dass nun alles aufhören würde. Ich habe jeden Tag gebetet, Gregory. Aber es hat nichts genutzt. Dein Vater behielt recht: Deine Mutter schaffte es nicht ohne ihn. Sie kam zurück und flehte uns an, sie wieder aufzunehmen. Wenn du willst, kannst du dir das Zimmer ansehen.«

Sie half Gregory beim Aufstehen. Sein Kopf fühlte sich erfrischt an, als hätte er ein paar Tage geschlafen.

»Hier, nimm die Krücke. Ich habe sie aus dem Kofferraum deines Autos geholt, bevor Inspektor Kramer es abgeholt hat.«

Gregory nahm die Gehhilfe entgegen. Ohne etwas zu sagen, humpelte er auf das Zimmer zu.

Wenig später stand er im Türrahmen und starrte in den etwa zwanzig Quadratmeter großen Raum. Am Kopfende befand sich ein gemachtes Bett, ein Kleiderschrank daneben. Eine hüfthohe Wand trennte eine Toilette vom Rest des Raums.

»Manchmal verbrachte sie mehrere Tage am Stück hier unten«, sagte Meredith.

Gregory reagierte nicht.

Das Highlight befand sich auf der linken Seite. Insgesamt vier Monitore zeigten unterschiedliche Bereiche des Kellers. Auf einem sah er Hannah neben dem Hundekäfig liegen. Ein Mikrofon stand auf dem langen Tisch neben einem Mischpult und einem Stimmenverzerrer. Daneben eine uralte mechanische Schreibmaschine der Marke Olympia und unzählige Karten, wie er sie von den Umschlägen her kannte. Mutters Reich! Er hatte eine Frau geliebt, die er nie gekannt hatte.

Langsam trat Gregory in den Raum hinein und als er sich weiter umsah, setzte sein Herzschlag aus. Zumindest für einen beängstigenden Moment. Sein Verstand glaubte nicht, was seine Augen ihm zeigten. Dennoch erkannte Gregory in diesem Augenblick die ganze Wahrheit.

In einem Glasbehälter schwamm in einer trüben Flüssigkeit ein Kinderbein; knapp oberhalb des Knies abgetrennt.

Meredith stellte sich neben ihn. »Ich kann mich noch an den Tag erinnern, als er es brachte«, sagte sie.

Gregory sah sie an. »Wer?«

Meredith ging auf die Bilder zu, die neben dem Aquarium auf einem Beistelltisch standen. Als sie zurückkam, reichte sie Gregory ein gerahmtes Familienfoto. Es zeigte Dad, der Ma im Arm hielt, die wiederum ein Baby auf ihrem hatte. Neben Ma stand ein junger Mann, vielleicht Anfang zwanzig, dessen Grinsen Gregory einen Schauer über den Rücken jagte. Er spürte, wie er kurz taumelte, während er immerzu auf dieses grinsende Gesicht mit den tief in den Höhlen liegenden Augen starrte.

»Heute ist dein Glückstag. Da draußen hat dich einer verdammt lieb.« Er hörte die Worte, als würde sie jemand direkt neben ihm aussprechen.

Gregory schluckte und spürte mit jedem Atemzug, dass der einst verschwundene See der Erinnerungen bald wieder komplett gefüllt sein würde. Er kannte diesen Mann. O ja, er kannte ihn nur zu gut.

»Sieh mal, was ich hier habe.«

Er hörte sein irres Kichern, als er ihm das abgetrennte Bein entgegenstreckte. Damals, vor beinahe zwei Jahrzehnten.

»Deine Ma hat ihn mit in die Ehe gebracht. Dein Dad hat ihn angenommen, als wäre er sein eigener Sohn.

Zumindest, bis du geboren wurdest. Fred wurde immer verrückter, um sich die Gunst deines Vaters zu verdienen. Aber wenn du mich fragst, Gregory, er war bereits sein Leben lang verrückt gewesen. Es waren ihre Gene, die in ihm schlummerten. Die deiner Mutter. Und Gott weiß, wer sein leiblicher Vater war.«

»Sie hat ihn engagiert, um mir ein Bein abzuschlagen?« Gregory konnte nicht glauben, dass er die Frage gerade wirklich gestellt hatte.

Meredith schwankte unschlüssig mit dem Kopf. »Das kann ich mir nicht vorstellen. Aber deine Mutter hat viel von dir erzählt und ich denke, er wollte ihre Trauer über deinen Verlust etwas mildern. Auf jeden Fall hat sie sich über das Geschenk sehr gefreut. Ich kann mich noch erinnern, dass ich sie einmal wecken wollte und sie mit deinem Bein im Bett vorgefunden habe. Sie hatte es im Arm wie ein Kind sein geliebtes Plüschtier. Tagsüber lag es in der Flüssigkeit.«

Gregory spürte, wie sich sein Magen zusammenzog. »Was ist aus ihm geworden?«

Meredith schnaufte. »Als du etwa vier Jahre alt warst, ist er ausgezogen. Er und dein Vater haben sich immer häufiger gestritten. Mir hat er mal unter vier Augen gestanden, dass er ihn bei lebendigem Leibe zerhacken möchte. Und dass er deshalb geht, weil er es eurer Mutter nicht antun will. Ab und zu kam er noch mal vorbei, blieb aber nie lange. Als deine Mutter dich später von hier wegbrachte und wiederkam, haben dein Vater und ich die

Subjekte für sie be- und entsorgt. Deinen Stiefbruder hat das alles hier nicht mehr interessiert. Wie du ja weißt, ist er seinen eigenen Weg gegangen.«

»Warum hast du nie etwas unternommen, Meredith? Warum hast du das alles zugelassen?«

Sie zuckte mit den Schultern. »Irgendwann hing ich einfach zu tief mit drin. Dann ist es so wie der Rest des Haushalts. Es gehört mit dazu, wie das Putzen, Wäschewaschen und Kochen.«

Gregory konnte darauf nichts erwidern.

»Was hast du mit Tante Becky gemacht?«, fragte er stattdessen.

Meredith holte eine Pistole hinter ihrem Rücken hervor, trat einen Schritt zurück und zielte auf Gregory. »Ich habe sie erschossen.« Wieder dieses Schulterzucken. »Ich werde den Rest meines Lebens irgendwo da draußen verbringen. Hab genug gespart. Und ich denke, ich habe es mir redlich verdient. Deine Familie, Gregory, hat ebenfalls das bekommen, was sie verdient hat. Um dich tut es mir einfach nur leid. Auch um deine Frau und deine Tante. Aber du verstehst sicher, dass es keine Zeugen geben darf.«

In ihren Augen las er, dass sie von all dem, was sie erzählte, überzeugt war. Sie würde ihn erschießen und dann von hier verschwinden.

»Und nun muss ich mich beeilen. Ich habe das Zimmer deines Vaters in Brand gesteckt. Bis hier draußen jemand die Feuerwehr verständigt, wird von diesem Horrorhaus nicht mehr viel übrig sein, was auch gut so ist. Also, dreh dich bitte einfach um, Gregory. Ich mache es schnell.«

Gregory nickte. »Ich kann dich sogar verstehen, Meredith«, sagte er. »Ich wünsche dir deshalb viel Glück für deine Zukunft.«

»Danke, Gregory. Du warst stets ein guter Junge.«

»Eines musst du mir noch erklären.«

Er sah, dass Meredith allmählich ungeduldig wurde. »Schnell«, sagte sie nur.

»Warum hast du meine Wunde versorgt, wenn du mich eh umbringen willst.«

»Ich hatte ursprünglich einen anderen Plan. Ich wollte dich als Sündenbock bei der Polizei anschwärzen, aber dann habe ich mich anders entschieden. Du hast genug gelitten, und ich habe ehrlich gesagt keine Lust mehr, mich mit irgendetwas zu befassen, was diese Familie betrifft. Niemand kann bestätigen, dass ich überhaupt noch hier war. Warum also schlafende Hunde wecken?«

Sie machte mit dem Lauf der Waffe eine Bewegung, die anzeigte, dass Gregory sich mit dem Umdrehen beeilen sollte.

Das tat er. Er drehte sich um. Zumindest ein Stück. Dann riss er mit einer atemberaubenden Geschwindigkeit seine Krücke hoch, während er sich gleichzeitig fallen ließ, und schlug Meredith die Waffe aus der Hand. Sie flog und krachte gegen den Glasbehälter, den sie zum Bersten brachte. Zusammen mit der Flüssigkeit wurde das Bein eines zehnjährigen Jungen herausgeschwemmt, als wäre es ein fauler Baumstamm, der einen Wasserfall hinuntergespült wurde.

Meredith sprang angewidert zurück. Gregory holte erneut mit der Krücke aus und erwischte die Haushälterin am Bein. Mit einem lauten Aufschrei fiel sie zu Boden und wurde vom Formaldehyd umspült.

»Du bist genauso ein Dreckskerl wie der Rest deiner Familie«, kreischte sie hysterisch. Sie umfasste ihr Knie mit beiden Händen. »Es ist bestimmt gebrochen! Du hast mir mein verdammtes Bein gebrochen!«

Gregory schnappte sich die Pistole und stand auf. Er nahm dabei die Krücke zur Hilfe, weil er für einen kurzen Moment wieder diesen Schwindel verspürte.

Schnell verließ er den Raum, ohne die Schimpfattacken der ehemaligen Haushälterin zu beachten. Falls sie wirklich das Haus in Brand gesteckt hatte, was Gregory nicht im Geringsten bezweifelte, musste er sich beeilen. Er hatte noch einiges zu erledigen. Als er kurz darauf den Folterraum erreichte, überprüfte er die Tür, sodass diese nicht aus Versehen zuschlagen konnte. Anschließend lief er hinein.

Er setzte sich neben Hannah und zog ihren Oberkörper zu sich heran. Dann lehnte er sich zurück und zog sie weiter auf seinen Schoß. Einen Arm schlang er um ihren Brustkorb und drückte sich mit Bein und Krücke nach hinten. Er würde sie und sein Kind nicht an diesem Ort zurücklassen. Niemals!

Er hatte die Tür noch nicht ganz erreicht, als er ein Keuchen von dort vernahm. Gregory riss den Kopf herum und sah Meredith im Türrahmen, die nach dem Griff fasste. »Du Dreckskerl wirst nicht hier herauskommen«, keuchte sie und versuchte zu grinsen, was aber mehr einer schmerzhaft entstellten Grimasse glich.

Gregory sah, wie sich die Tür schloss. Abermals kam ihm seine Krücke zur Hilfe, die er zwischen Rahmen und Tür schleuderte und somit ein Schließen verhindern konnte.

Meredith kreischte und trat gleichzeitig gegen die Krücke, um sie zurückzustoßen. Gregory riss die Pistole hoch, zielte in die Lücke und drückte ab. Der Schuss riss ein Stück des Türrahmens ab. Meredith fluchte laut und Gregory hörte, wie sie davonhumpelte.

Er stieß die Tür wieder auf, schnappte sich Hannah, um sie auf den Flur hinauszuziehen, als ein donnernder Schuss durch die Luft hallte. Er traf in unmittelbarer Nähe seines Kopfes die Mauer, welche förmlich explodierte. Gesteinssplitter rissen ihm die Wange auf. Blitzschnell ging er in Deckung.

»Du wirst hier nicht rauskommen, Gregory McLane!«, hörte er Meredith brüllen. Sie musste sich die Waffe des Polizisten geschnappt haben.

Warum hatte er diese Frau nicht einfach erschlagen, als er die Gelegenheit dazu gehabt hatte? Er hörte ihr Husten. Ein weiterer Schuss ertönte und drang in die Wand ein. Das Husten wurde leiser.

Vorsichtig lugte Gregory um die Ecke herum, jederzeit bereit, den Kopf sofort wieder zurückzureißen, wenn er sie sah. Aber der Gang war leer – bis auf die Toten, die in ihrem Blut lagen.

Erschöpft ließ sich Gregory auf den Rücken fallen. Er drückte Hannah fest an sich. »Ich werde es nicht schaffen«, sagte er und spürte die Tränen, die in seinen Augen entstanden. Er schob Hannah von sich herunter, zog sein T-Shirt aus und faltete es zusammen. Dann legte er es unter ihren Kopf, während seine Tränen auf ihren Körper tropften.

»Ich werde Tante Becky suchen und sollte sie noch leben, dann holen wir dich hier raus, okay?« Er küsste sie auf die Wange. Für einen Moment entstand in ihm das Verlangen, einfach neben ihr liegen zu bleiben. Sie in den Arm nehmen und gemeinsam mit ihr einzuschlafen, so wie sie es früher in einem weit, weit entfernten Leben getan hatten und nie mehr tun würden.

Aber er musste Tante Becky finden, und er musste dafür sorgen, dass Meredith nicht mit all dem davonkam. Die Welt musste erfahren, was in diesem Haus passiert war, und der See musste von seiner Last befreit werden.

Noch einmal küsste er Hannah, dann stand er auf und verließ den Raum.

Er weinte noch, als er längst die Abzweigung zur Kellertreppe erreicht hatte. Bereits von hier aus konnte er die dünnen Rauchfäden erkennen, die sich unter der Tür hindurchquälten.

Er sprang über die Leichen seiner Eltern, wäre beinahe in einer Blutpfütze ausgerutscht, konnte sich aber an der Wand abfangen und eilte in den Gang, der zu den Käfigen führte.

Als er den Raum erreichte, in dem früher unter anderem die Müllbeutel gelagert wurden, sah er sie unterhalb des Waschbeckens an der Wand gelehnt.

»Tante Becky!«, rief er laut.

Er kniete sich neben sie. Sie hatte den Kopf gesenkt, doch nun hob sie ihn an und lächelte. Allerdings war es mehr ein schmerzverzerrtes Grinsen.

»Sie … Sie hat einfach auf mich geschossen. Von hinten.« Becky hustete.

»Wir müssen hier verschwinden!«, sagte Gregory und griff der alten Frau unter die Arme.

Becky schrie auf. Als Gregory seine Hände wegnahm, sah er das Blut an seinen Fingern.

»Ich helfe dir, Tante Becky, aber du musst die Zähne zusammenbeißen. Meredith hat das Haus angezündet und wir haben nicht mehr viel Zeit.«

Ihm war klar, dass er Hannah würde hierlassen müssen und eine erdrückende Traurigkeit legte sich über seinen gesamten Körper.

Noch einmal versuchte er, Tante Becky aufzuhelfen. Da sie aber zu schwach war, um sich mit abzustützen, hatte Gregory keine Chance. Immer wieder verlor er selbst das Gleichgewicht.

»Du musst mir helfen«, keuchte er. »Allein schaffe ich es nicht.«

Becky sah ihn mit glasigen Augen an. Dann hob sie zitternd eine Hand und berührte seine Wange. »Es ist okay, Greggi. Es ist okay. Ich weiß, dass ich nicht mehr viel Zeit habe.« Sie hustete.

»Du musst es wenigstens versuchen. Zusammen schaffen wir es. Ich kann dich nicht auch noch verlieren!« Er griff abermals unter ihre Arme, doch sie schob seine Hände weg.

»Lauf, Greggi. Sieh zu, dass wenigstens du es schaffst und dass nicht alles umsonst gewesen ist. Ich glaube, wir haben hier etwas ganz Großes aufgedeckt und du musst es beenden, indem du es allen erzählst. Dann war es das wert.« Wieder wurde sie von einem starken Hustenanfall übermannt und als sie die Hand von ihrem Mund nahm, war Blut darin.

»Geh, Greggi. Halte Hannah und deine alte Tante in guter Erinnerung. Dann hatte alles einen Sinn.«

Er beugte sich vor und gab ihr einen Kuss auf die Wange. »Ich liebe dich, Tante Becky.«

Sie schloss die Augen und langsam sank ihr Kopf wieder nach unten. Gregory lehnte ihren Oberkörper zurück an die Wand, doch er rutschte zur Seite und kam auf dem Boden zum Liegen. Tante Becky war tot.

Gregory legte seine Hand auf ihren Arm, als er kurz darauf den Geruch wahrnahm. Rauch!

Er zog sich an der Krücke nach oben, blickte ein letztes Mal auf die Frau, die ihn so viele Jahre lang begleitet hatte, und verließ den Raum.

Er erreichte ein weiteres Mal die Toten und blieb stehen. Er sah den Gang hinunter und ihm wurde die unumstößliche Tatsache bewusst, dass er seine Frau wirklich hierlassen musste.

Der Rauchgeruch wurde intensiver, aber Gregory bewegte sich nicht.

»Bring es zu Ende, Greggi«, hörte er Tante Becky in seinem Inneren.

»Sonst war alles umsonst«, fügte Hannah hinzu.

»Ich werde euch nie vergessen«, flüsterte Gregory und eilte zur Treppe. Als er oben ankam und an der Klinke rüttelte, stellte er jedoch fest, dass die Tür abgeschlossen war.

Der Rauch war dichter geworden und umspülte gierig sein Bein. Gregory wusste, dass es hier unten keinen zweiten Ausgang gab, also musste er durch genau diese Tür.

Er sprang die Treppe hinunter und hatte wenig später die Leiche seines Vaters erreicht. Er schnappte sich dessen Schrotgewehr und zog dem Polizisten das Hemd aus, was er sich vor Mund und Nase wickelte. Tante Beckys Revolver, der neben einer Blutlache lag, steckte er sich in den Hosenbund. Dann machte er sich auf den Rückweg.

Vom unteren Ende der Treppe sah er den Rauch, der an der Decke bereits eine undurchsichtige, wabernde Schicht gebildet hatte. Wie ein unheilvoller Nebel näherte er sich. Gregory konnte die Tür kaum noch erkennen. Er legte das Gewehr an und feuerte die zwei Patronen ab, die sich im Lauf befanden.

Die Tür schlug nach außen auf und eine fauchende Flammenzunge leckte durch den Ausgang über die Decke des Treppenaufgangs.

Gregory hielt den Arm vors Gesicht und wich einen Schritt zurück. Trotzdem spürte er die unbändige Hitze, die über seine Haut strich.

Die Flammen waren verschwunden, doch hörte er das Knistern des Feuers, das sich durch die Zimmer fraß. Er ließ die Krücke los – ohne sie konnte er sich, zumindest kurzfristig, schneller bewegen –, umfasste das Geländer mit der einen Hand, während er mit der anderen das Tuch fester vor seinen Mund drückte. Mit aller Kraft zog er sich die Stufen hoch, wieder zwei auf einmal nehmend.

Als er die Küche erreichte, schlug ihm die Hitze wie eine glühende Wand entgegen. Der Raum war an der rechten Seite ein einziges Feuermeer, das sich über die Tapeten nach oben fraß. Der Durchgang zum Esszimmer bestand aus einer Flammenwand, hinter der die Hölle tobte.

Für einen kurzen Moment sah er den Körper von Meredith neben dem brennenden Esstisch liegen. Das Feuer fraß sich gierig durch Kleidung und Haut, die an unzähligen Stellen bereits aufgeplatzt war, sodass die Flammen fauchend aus den Öffnungen stießen.

Gregory sprang zum Fenster und verharrte. Wenn er es öffnete, würde er das Feuer mit Sauerstoff versorgen, was im schlimmsten Fall zu einem Backdraft führen konnte. Eine Rauchgasexplosion, die alles im Raum zerreißen würde.

Er spürte das Brennen, das in Lunge und Augen entstand, und ihm zeigte, dass er hier rausmusste. Und zwar sofort. Er schnappte sich den Messerblock, ging unter dem Fenster in Deckung und schleuderte ihn nach oben durch das Glas.

Rauch quoll durch die Öffnung nach außen, entzündete sich glücklicherweise aber nicht. Das Feuer im Raum hingegen lechzte nach dem einströmenden Sauerstoff. Die entstehende Hitze wurde unerträglich und Gregory erkannte, wie die Härchen auf seinen Armen sich kräuselten und verschmorten.

Er schrie. Weniger vor Schmerzen, als vielmehr wegen der grausamen Vorstellung, bei lebendigem Leib gegrillt zu werden.

Mit einem ohrenbetäubenden Knall zerbarst das Fenster.

Gregory sprang auf und zog sich auf den Rahmen. Die Schnitte, die ihm die stecken gebliebenen Scherben verursachten, ignorierte er. Er riss sein Bein über den Fenstersims, fasste mit der Hand nach, um nicht abzurutschen, und spürte den explosionsartigen Schmerz, der in diesem Augenblick seinen Arm hinaufschoss.

Reflexartig ließ er los, stellte sich auf den Sturz ein, der allerdings ausblieb. Stattdessen hing er an der Hauswand und hatte das Gefühl, seine Hand würde jeden Moment abreißen.

Als er hinaufblickte, sah er, dass aus seinem Handrücken ein breites Glasstück ragte, das dafür sorgte, dass er nicht hinunterfiel. Gregory zog sich ein Stück hoch, riss die Hand nach oben und befreite sie von der Scherbe. Er sprang in dem Moment nach unten, als eine gewaltige Faust aus Flammen durch das Fenster stieß.

Weitere Scheiben explodierten und verteilten die Scherbensplitter in einem weiten Umfeld auf der Wiese. Gregory riss sich das Tuch vom Mund und atmete die frische Luft ein, die sich anfühlte, als käme sie direkt aus einem Ofen.

Die gesamte Villa stand in Flammen und er beeilte sich, der stärker werdenden Hitze zu entkommen.

Als er das Grab seiner Mutter erreichte, sah er das Glänzen seiner Prothese. Er zog sie aus der Erde, legte sie an und sprang weiter. Weg von diesem Inferno aus Tod, Lügen und Traurigkeit.

Kapitel 11

Gregory saß am Ende des Stegs und beobachtete die schillernden Flammen, die sich auf der Wasseroberfläche widerspiegelten. Seinen Fuß hatte er angewinkelt. Er wollte dieses Wasser nicht mehr auf seiner Haut spüren, obwohl es einladend und erfrischend aussah.

Inzwischen saß er seit knapp einer Stunde hier. In dieser Zeit hatte er sich nicht ein einziges Mal umgedreht. Er genoss einfach die kühle Luft, die der See herantrug.

Nach seiner Flucht hatte er den abgestellten Polizeiwagen nach Verbandsmaterial durchsucht. Mit Erfolg. Gleichzeitig war ihm bewusst geworden, dass er einen Polizisten im Keller der Villa erschossen hatte. Wahrscheinlich steckte der in allem mit drin. Zumindest schienen er und Dad sich gut zu kennen.

Gregory hatte seine Hand verbunden und die Schnittwunden am Körper versorgt und war dann hinunter zum See gegangen.

Seitdem starrte er auf die glänzende Oberfläche, unter der das Grauen aus mehreren Jahrzehnten lag. Er würde der Polizei alles erzählen, alles, was der verschwundene See in seinem Inneren verborgen gehalten und nun wieder preisgegeben hatte.

Er dachte viel an Hannah und das Baby und an Becky, und ihm war bewusst, dass der wahre Schmerz über ihren

Verlust noch kommen würde. Denn er wusste, dass er den See diesmal nicht austrocknen lassen durfte.

Gregory hatte, als er beim Polizeiwagen stand, überlegt, die Feuerwehr zu verständigen, sich dann aber entschieden, dass er es dem Zufall überlassen wollte, wann sie hier eintreffen würde. Bisher tat sich noch nichts, was wieder einmal bewies, dass er hier auf dem Land war, obwohl es lediglich zehn Autominuten bis zur Stadt waren. Kein Wunder, dass Ma, Dad und Meredith jahrzehntelang ihren Trieben nachgehen konnten, ohne dass jemand Verdacht geschöpft oder irgendetwas bemerkt hatte.

Ja, das Haus würde bis auf die Grundmauern abbrennen und das war gut so. Es machte Gregory zwar unendlich traurig, dass er Hannahs Körper hatte zurücklassen müssen, aber wenn er an sie dachte, dann konnte er sie spüren, als säße sie direkt neben ihm. Und er wusste, dass er dieses Gefühl für immer bewahren würde.

Nach einer Weile sah er ein altes Ruderboot auf dem schillernden Wasser. Er saß selbst darin und ein kleines Mädchen saß ihm gegenüber. »Angeln wir heute gar nicht, Daddy?«, fragte sie. Gregory konnte sie nur anlächeln.

»Oh, sieh mal, da drüben steht Mum.« Sie stand auf und das Boot schaukelte beängstigend. Am Ufer stand eine wunderschöne Frau, die ihnen zuwinkte. Gregory winkte zurück und war glücklich.

Sehr viel später riss ihn ein Geräusch aus seinen Gedanken. Das Boot auf dem See verschwand. Genauso wie das Mädchen und die wunderschöne Frau.

Es waren knirschende Schritte, die er hörte und die sich über den Steg näherten. Gregory lächelte, denn tief in seinem Inneren hatte er den Besucher erwartet.

»Hallo, Bruderherz«, erklang eine erschöpft klingende Stimme.

Der Mann – in einen langen, dünnen Mantel gekleidet – setzte sich neben ihn. Die Axt legte er auf seinen Schoß.

»Das ist also die Errungenschaft, die du meinetwegen ergattert hast«, er streichelte über die Prothese, die Gregory noch nicht wieder angelegt hatte, und lachte leise.

»Danke dafür«, sagte Gregory.

Der Mann, der sich Fred Simpson nannte, schlug ihm auf die Schulter. »Keine Ursache, Mann. Betrachte es als ein Geschenk unter Geschwistern.«

Gregory sah ihn an. Das Gesicht war faltig geworden, die Haut war gebräunt und ähnelte gegerbtem Leder. Das strähnige Haar und der ungepflegte Bart verliehen ihm das Aussehen eines Penners, der seit Jahren unter Brücken oder Sträuchern hauste.

»Ich nehme an, unsere Mutter ist tot?« Er deutete mit dem Daumen in Richtung des brennenden Hauses.

»Das ist sie«, erwiderte Gregory.

Fred nickte und strich über den Stiel der Axt. »Ich habe dich immer gehasst«, sagte er nach einer Weile, ohne den Blick vom See zu lassen. »Weißt du das?«

»Mir ging es nicht anders.«

Der Axtmörder nickte verträumt. »Wusstest du, dass ich dich als Baby auf den Tisch mit der Kreissäge gelegt und sie eingeschaltet habe? Bist aber nicht reingekrabbelt. Schade eigentlich. Hätte uns viel erspart. Mir vor allen Dingen.«

»Mir kommen die Tränen, *Bruder*«, sagte Gregory.

Fred deutete auf den See. »Ich nehme an, du weißt, was drin ist.«

»Das weiß ich.«

»Nein. Du weißt lediglich von dem, was du mit deinem Vater dort versenkt hast. Aber auch ich habe viel abgeladen. So ein See ist wie ein hungriges Tier, das sich freut, wenn es gefüttert wird. Es beschützt dich dann, musst du wissen.«

»Was du nicht sagst«, Gregory wurde die Unterhaltung mit jedem Wort unangenehmer. »Die Feuerwehr wird bald hier sein«, sagte er.

Fred lachte. »Glaubst du wirklich? Bevor hier irgendjemand den Arsch bewegt, muss sich schon das Tor zur Hölle öffnen.« Er umfasste die Axt mit beiden Händen. »Lassen wir das Gequatsche, Bruderherz. Der See muss gefüttert werden.«

»O ja«, antwortete Gregory und spannte den Hahn von Tante Beckys Revolver.

Ein letztes Mal noch!

ENDE

Nachwort

Was ist eigentlich das Schönste, was einem Autor passieren kann? Mit Sicherheit hat da jeder seine eigenen Vorlieben, aber ich ganz persönlich freue mich immer am meisten darüber, wenn ich euch, liebe Leserinnen und Leser, mit meinen Geschichten unterhalten kann. Wenn ich euch für einen kleinen Moment aus der Wirklichkeit locken und euch meine kleine, selbst erschaffene Welt präsentieren kann, in der ihr euch wohlfühlt, ängstigt oder gar traurig seid. Und am Ende vielleicht mit einem »Hach! Das war toll!« das Buch zuklappt (oder den Reader abschaltet).

Ich hoffe, das ist mir ein wenig mit diesem Werk gelungen. Mir hat das Schreiben auf jeden Fall wieder sehr viel Spaß gemacht.

Wie immer bedanke ich mich bei meinem tollen Team vom Redrum Verlag, insbesondere Stefanie Maucher, Simon Kossov und Silvia Vogt. Ihr macht tolle Arbeit!

Mein besonderer Dank geht an meine bessere Hälfte Momo fürs Rückenfreihalten und Sich-die-Rohfassung-antun, was mit Sicherheit manchmal nicht einfach ist. Also, ich möchte so etwas nicht lesen.

In diesem Sinne, liebe Leserinnen und Leser, hoffe ich, dass ihr mich noch oft in meine Welten begleiten werdet.
Euer A.L.

VERLAGSPROGRAMM

www.redrum.de

01 Candygirl: *Michael Merhi*
02 Lilith Töchter, Adams Söhne: *Georg Adamah*
03 Höllengeschichten: *Wolfgang Brunner*
04 Roadkill: *Alex Miller, Joe De Beer*
05 Bad Toys: *Anthologie*
06 Gone Mad: *A.C. Hurts*
07 Mindfucker: *Joe De Beer*
08 All Beauty Must Die: *A.C. Hurts*
09 Runaways: *Alexander Kühl*
10 Love Of My Life: *A.C. Hurts*
11 Klipp Klapp … und du bist tot!: *Mari März*
12 Carnivore: *A.C. Hurts*
13 Lyrica: *Jane Breslin*
14 Der Feigling: *Andreas März*
15 Kinderspiele: *Wolfgang Brunner*
16 Victima: *Sam Bennet*
17 Blutbrüder: *Simone Trojahn*
18 Fuck You All: *Inhonorus*
19 Cannibal Holidays: *Ralph D. Chains*
20 Kellerspiele: *Simone Trojahn*
21 Der Leichenficker: *Ethan Kink*
22 Lyrica – Exodus: *Jane Breslin*
23 Gone Mad 2: *A.C. Hurts*
24 Der Leichenkünstler: *Moe Teratos*
25 Wutrauschen: *Simone Trojahn*
26 Dort unten stirbst du: *Moe Teratos*
27 Fida: *Stefanie Maucher*
28 Die Sodom Lotterie: *Ralph D. Chains*
29 Streets Of Love: *Ralph D. Chains*
30 Er ist böse!: *Moe Teratos*
31 Franka: *Moe Teratos*
32 Melvins Blutcamp: *Dagny S. Dombois*
33 Frosttod: *Moe Teratos*
34 Franklin: *Stefanie Maucher*
36 Hexentribunal: *Gerwalt Richardson*
38 Voyeur: *Kati Winter*
40 Die Sünde in mir: *A.C. Hurts*

41 Ficktion: *Ralph D. Chains*
42 Das Kinderspiel: *Simone Trojahn*
43 Todesangst im Labyrinth: *A.C. Hurts*
44 Crossend: *Marvin Buchecker*
45 Mörderherz: *Simone Trojahn*
46 Daddy's Princess: *Simone Trojahn*
47 Doppelpack: *Moe Teratos*
48 Billy – Die Blutlinie: *Gerwalt Richardson*
50 Selina´s Way: *Simone Trojahn*
51 Infam: *André Wegmann*
53 Sinnfinsternis: *Reyk Jorden*
54 Carnivore – Sweet Summer: *A.C. Hurts*
55 Der Schlächter: *Jacqueline Pawlowski*
56 Grandma: *Inhonorus*
57 Billy 2 – Les chants from hell: *Gerwalt Richardson*
58 Endstation Hölle: *Jean Rises*
59 Runaways 2: *Alexander Kühl*
60 Totentanz: *Moe Teratos*
61 Leichenexperimente: *Moe Teratos*
62 Folterpalast: *Gerwalt Richardson*
63 Scary Monsters: *Wolfgang Brunner*
64 Schwarze Mambo: *Baukowski*
65 14 Shades of Unicorns: *Anthologie*
67 Rabenbruder: *Ralph D. Chains*
68 Rednecks: *Faye Hell, M.H. Steinmetz*
69 Bad Family: *Simone Trojahn*
70 Homali Sagina: *Marie Wigand*
71 Todsonne: *Simone Trojahn*
72 Albino Devil: *André Wegmann*
73 Sommertränen: *Simone Trojahn*
74 Über uns die Hölle: *Simon Lokarno*
75 Weil ich dich hasse: *Simone Trojahn*
76 Der Leichenficker 2: *Ethan Kink*
77 Marvin: *Moe Teratos*
78 Projekt Sodom: *Gerwalt Richardson*
79 Totes Land: *M.H. Steinmetz*
82 Blood Season: *Anthologie*
84 Wo ist Emily?: *Andreas Laufhütte*
85 Fuchsstute: *Gerwalt Richardson*
86 Kaltes Lächeln: *Simone Trojahn*
87 Das Leben nach dem Sterben: *Simone Trojahn*
88 Paraphil: *Jacqueline Pawlowski*
89 Schicksalshäppchen 2 – Dark Menu: *Simone Trojahn*
90 Schicksalshäppchen 1: *Simone Trojahn*

91 Pro-Gen: *Wolfgang Brunner*
92 Selina´s Way 2: *Simone Trojahn*
93 Tunguska: *U.L. Brich*
95 Ausgeliefert an das Böse: *A.C. Hurts*
96 Hof Gutenberg: *Andreas Laufhütte*
97 Bad Toys 2: *Anthologie*
98 Sam – Band 1 Die Jagd: *Gerwalt Richardson*
99 Sam – Band 2 Die Lust: *Gerwalt Richardson*
100 Geständnis 1: *Moe Teratos*
101 Geständnis 2: *Moe Teratos*
102 Moonshine Games: *Jutta Wölk*
103 Cannibal Holidays 2 - Reborn: *Ralph D. Chains*
104 Martyrium: *Baukowski*
105 Schaffenskrise: *Simone Trojahn*
106 Dschinn: *André Wegmann*
107 DOGS: *Andreas Laufhütte*
108 Vertusa: *Moe Teratos*
109 Der Teufelsmaler: *Gerwalt Richardson*
110 Cannibal Love: *Ralf Kor*
111 Leiser Tod: *Moe Teratos*
112 Der Kehlenschneider: *Moe Teratos*
113 Weltenbruch: *Moe Teratos*
114 Deep Space Dead: *Murray Blanchat*
115 Sam – Band 3 Der Preis: *Gerwalt Richardson*
116 Bull: *M.H. Steinmetz*
117 Giftiges Erbe: *Simone Trojahn*
118 Sinnfinsternis 2 – Diener des Chaos: *Reyk Jorden*
119 Leid und Schmerz: *Michael Merhi*
120 Die Sonne über dem südlichen Wendekreis: *Georg Adamah*
121 Die Anstalt der Toten: *Moe Teratos*
122 Pott-Mortem 1– Oktoberblut: *Andi Maas*
123 Snuff.net: *Jean Rises / Elli Wintersun*
124 Das Vermächtnis des Jeremiah Cross: *Andreas Laufhütte*
125 Insanes: *Gerwalt Richardson*
126 Alvaro: *A.C. Hurts*
127 Macimanito: *Ralf Kor*
128 Jelenas Schmerz: *Moe Teratos*
129 Once upon a Time in … Baukowski and Friends
130 Pott-Mortem 2 – Die Blutgruppe: *Andi Maas*
131 Hof Gutenberg 2: *Andreas Laufhütte*
132 Mutterfleisch: *Simone Trojahn*
133 Bärenblut: *U.L. Brich*
134 Spirituosa Sancta: *Baukowski*
135 Der Teufelsmaler 2: *Gerwalt Richardson*

136 House Of Pain: *Marco Maniac*
137 Engel des Todes: *Marc Prescher*
138 Schwarze Sau: *J. Mertens*
139 Drecksmutter: *Anais C. Miller*
140 Der Zwischenraum: *Stefanie Maucher*
141 Mordhaus: *Moe Teratos*
142 Mordsucht: *Moe Teratos*
143 Das Mordgesindel: *Moe Teratos*
144 Mordversprechen: *Moe Teratos*
145 Blutige Ketten: *Moe Teratos*
146 Blutiger Augenblick: *Moe Teratos*
147 Blutige Bestien: *Moe Teratos*
148 Blutiges Finale: *Moe Teratos*
149 Tage der Vergeltung: *Simone Trojahn*
150 Straße Der Gerechtigkeit: *Simone Trojahn*
151 Am Ende Der Hoffnung: *Simone Trojahn*
152 Hof Gutenberg 3: *Andreas Laufhütte*
153 Snuff Theater: *Pjotr X*
154 Die Hölle von Bossenborn: *Anais C. Miller*
155 Opus Eins: *Simon Lokarno*
156 Abrechnung mit dem Universum: *J.Mertens*
157 Sadistic Forest: Ralph D. Chains
158 Sam – Band 4 Das Ziel: *Gerwalt Richardson*
159 Teufelssommer: *Andi Maas*
160 USA 2084: *Pjotr X*
161 Home Invasion: *J.Mertens*
162 Carnivore 2: *A.C. Hurts*
163 Schwarzer Herbst: *Dagny S. Dombois*
164 Ardennen: *André Wegmann*
165 Cannibal Love: *Ralf Kor*
166 Der verschwundene See*: Andreas Laufhütte*

REDRUM CUTS

1. Bizarr: *Baukowski*
2. 50 Pieces for Grey: *A.M. Arimont*
3. Koma*: Kati Winter*
4. Rum und Ähre: *Baukowski*
5. Hexensaft: *Simone Trojahn*
6. Still Morbid*: Inhonorus*
7. Fuck You All - Novelle: *Inhonorus*
8. Das Flüstern des Teufels: *A.M. Arimont*
9. Kutná Hora: *André Wegmann*
10. Die Rotte: *U.L. Brich*

11. Blutwahn: *André Wegmann*
12. Helter Skelter Redux: *A.M. Arimont*
13. Badass Fiction: *Anthologie*
14. Bloody Pain: *Elli Wintersun*
15. In Flammen: *Stefanie Maucher*
16. Denn zum Fressen sind sie da: *A.C. Hurts*
17. Die Chronik der Weltenfresser: *Marvin Buchecker*
18. Psychoid: *Loni Littgenstein*
19. Geisteskrank: *Marc Prescher*
20. Sweet Little Bastard: *Emelie Pain*
21. Süchtig nach Sperma: *Marco Maniac*
22. Badass Fiction 2019: *Anthologie*
23. Human Monster: *Stephanie Bachmann*
24. Wut: *Alexander Wolf*
25. Perfect Match: *A.C. Hurts*
26. Harlekin: *Loni Littgenstein*
27. Nachts, wenn die Lämmer schreien: *Anais C. Miller*
28. Hexenwerk – Die 13: *Moe Teratos*
29. Badass Fiction 3
30. Nur ein Stich: *Andrea Storm*
31. Leisetot: *Anais C. Miller*

LIMITED EDITION

01 Toter Schmetterling: *Simone Trojahn*
02 This is Madness: *Michael Merhi*
03 Eine Verhängnisvolle Mutprobe: *Andreas Laufhütte*
04 Hexensaft: *Simone Trojahn*
05 Blowhead & Shreadhead: *Baukowski, Rewelk*
06 Selinas Way 3: *Simone Trojahn*
07 Glasgow Smile: *Michael Merhi*

REDRUM
ANDREAS LAUFHÜTTE
HOF
GUTEN
BERG
THRILLER

MYSTERY - THRILLER
ANDREAS LAUFHÜTTE
DAS VERMÄCHTNIS
DES JEREMIAH CROSS
REDRUM

ANDREAS
LAUFHÜTTE
THRILLER
WO IST EMILY?
Name: Emily Miller
Geschlecht: Weiblich
Alter: 11
Haarfarbe: Dunkelblond/Rotstich
Augenfarbe: Blaugrün
Größe: 140 cm
Zuletzt gesehen: Curnie Falls Middle School
Kleidung: Graues T-Shirt, New Balance Turnschuhe mit goldenen Spitzen, schwarze Shorts.
HINWEISE: Büro des Sheriffs!
REDRUM

REDRUM
ANDREAS LAUFHÜTTE
DOGS
THRILLER

REDRUM loves you!

REDRUM liebt dich!

Printed in Poland
by Amazon Fulfillment
Poland Sp. z o.o., Wrocław

92245215R00179